FSC
Mix
Produktgruppe aus vorbildlich
bewirtschafteten Wäldern und
anderen kontrollierten Herkünften
Zert.-Nr. GFA-COC-001262
www.fsc.org
© 1996 Forest Stewardship Council

Verlagsgruppe Random House FSC-DEU-0100
Das für dieses Buch verwendete FSC-zertifizierte Papier *EOS*
liefert Salzer, St. Pölten.

1. Auflage

Typografie und Satz: DVA/Brigitte Müller
Gesetzt aus der Walbaum
Druck und Bindung: Friedrich Pustet KG, Regensburg
Printed in Germany
ISBN 978-3-421-04451-8

www.dva.de

15. Dezember 1987, Dienstag

Im Winter haben wir Hühner, sie legen bloß nicht. Der Fagiano ist wieder da kaum dass etwas Frost herrscht. Es muss einer der Jungs vom vergangenen Jahr sein, so zielgerichtet wie der herankam und auch wartete, bis ich das Hühnerfutter geholt hab. Tucktucktuck! konnte ich rufen. Es ist eine Freude sondergleichen Fasane zu füttern, die Damen kamen auch bald heran, der Winter ist überhaupt große Klasse ohne Besuch und Touristen. Alles liegt weißbereift nach den Nebeln und nachts wird alles aufs Neue versilbert. Der Vögel bunter Haufen an meinen Futterplätzen: vom Zaunkönig bis zum Fagiano sind alle erschienen.

Sarah Kirsch
Krähengeschwätz

Deutsche Verlags-Anstalt

7. März 1985, Donnerstag

Die lange Reise durch Rumänien, auf der ich Pentti kennenlernte, geschah 1966. Danach trafen wir uns in Prag, das war noch im selben Jahr, vierzehn Tage vor Weihnachten, voll in der Dubček-Aera. Ich habe grade ein Notizbuch gefunden, worin allerlei Sätze stehen, die er da niederlegte. Erinnerungen an den Deutschunterricht in der finnischen Schule, Sätze die er für mich deklamierte, so oft ich ihn darum bat. »Es ist Winter, die Luft ist kalt, die Erde ist hart. Da leidet der Hase im Walde Not, denn er findet keine Nahrung. Der Jäger kommt.« Und Titel von Büchern, die ich partout lesen müsse setzte er darunter. Damals knallte er sein Prag-Buch gleich in die Maschine. Während ich neben ihm saß. Immerdar in meiner Lammpelzjacke, für Heizöl hatten wir kein Geld. Und wie war ich nach Prag gekommen? Man konnte schließlich nicht aus der DDR wegfahren wohin man grad wollte. Ich hatte mir eine Einladung von Sabine besorgt, die in Prag Puppenspiel studierte, schon saß ich im Zug, und Rainer war sich wohl nicht so sicher, ob ich je wiederkäme. Ich betrachtete Pentti als meinen vollkommenen Freund und wir haben viel Blödsinn getrieben aber auch tage- und nächtelang über Gedichte gesprochen, wie sie beschaffen sein müssten, welche als Maßstab zu gelten hätten.

8. März 1985, Freitag

Manchmal rezitiert er den ganzen »Erlkönig« für mich, sehr dramatisch mit hartem Akzent, und wir ersticken nahezu vor Lachen. Wir leben in einer kleinen Zweitwohnung von Herrn Veselý, der himmelblaue Halstücher trägt und dessen Schädel wie der Mond leuchtet, wenn er uns mal besucht. Es gibt weiße Wände und Pornographie in den Schränken. Der Ofen arbeitet nicht. Die Toilette ist auf dem Balkon. Pentti kauft zwei Eier für den letzten Tag. Seine Uhr zeigt stets die halbe Stunde. Wenn er seine Schreibmaschine betreibt, sieht er sehr zornig aus. Die Maschine ist vor Jahren in der DDR hergestellt worden. Ich hab in der DDR eine Schreibmaschine aus der ČSSR – so ist Handel im Sozialismus sage ich.

12. März 1985, Dienstag

Il Compositore aber hatte ein Konzert in Amsterdam und Maurizio begleitete ihn und besuchte das Konzert und die schönen Galerien. Währenddessen ich für das TV schuften musste. Und Robert als Neufundländer freute sich und war überzeugt, dass das Team seinetwegen kam, und so lief er durch die Bilder als schwarzer Faden. Heute hat Maurizio Geburtstag, schwänzt noch einmal die Schule, weil er KO von der langen Autofahrt ist. Jetzt ist er sechzehn, bekam Klaviernoten und ein Kunstlexikon fettester Art. Der Kater ist beglückt über die Rückkehr seines Zimmergenossen. Die Schafsnasen könnten in zehn Tagen lammen. Toula das sensible Tier ist schon ganz in sich gekehrt. Ich kann also nicht, wie es geplant war mit dem Tonsetzer zu einem weiteren Konzert nach Darmstadt fahren. Ich muss bei meinen Schafen ja wachen.

14. März 1985 Donnerstag

Luft und Wasser

Aus dem Sumpfland fliegt mir die Eule
Auf breiten Flügeln über den Strom
Ihre Federn berühren das Wasser
Das sich nun teilte ich sah
Meiner Schwester Gesicht höre den Wind
Schilfhalme leichter bewegen und Wolken
Ziehen auf die Nacht zu verkünden.

Viel wehes Geräusch vom anderen weiteren
Ufer die grauen Reiher verneigen sich
Auf toten Bäumen eh sie noch schlafen.
Es ist spät ich kehre hinter Türen zurück.
Der Teekessel brummt auf dem Feuer
Und verkleidete Könige reiten draußen
Auf herrlichen Pferden vorüber.

17. März 1985, Sonntag

Gestern haben wir die Schafs-Damen von ihrer gegenwärtigen Weide auf die anschließende Koppel mit der niederen Hütte geleitet, in welcher Paula geboren wurde. Die Schafe bedürfen der Ruhe. Igor das Böckchen und Bilbo der Esel sind zu hektisch für ihren Zustand. Die Änderung missfiel den Herren, sie tobten und rannten wie in der Manege. Ab 21. März kann es Lämmerkens geben. Ich bin sehr aufmerksam. Thekla hat das bedeutendste Euter bisher. Man muss viel mit den Schwangeren sprechen.

Mir träumte, ich sei auf meinem Esel ins Moor geritten, die Füße schwebten dicht über den Wasserlöchern, doch blieben sie trocken. Aus seinen Hufabdrücken, die sich mit schwarzem Wasser füllten, wuchs gleich der Blutwurz. Ein schöner Anblick, wenn ich nach rückwärts mich wandte. Vor uns unbestimmbare Dämmerung, kleine zusammengeschobene Gagelsträucher und schrilles Tönen des Winds, das zunehmend lauter wurde.

Ich weiß nicht, ob ich zu jenem leichtgläubigen Wesen mit dem Mittelscheitel, den Messingspangen über den Ohren, Zöpfen bis zu den Kniekehlen hin, die stets im Begriff sind sich aufzulösen, ob ich ich zu ihm sagen soll oder sie oder es, oder das Kind, ein

Kind, weil dies Weidenblatt seit ehmaliger Zeit sich verwandelt hat, eine wandernde Seele gar abgab. Stak es vorher in einem Lamm fest, das ängstlich blökte, wenn es die Mutter nicht sah, so ist es später gestreunt, dem Balg einer Tigerin eingeschlüpft, listenreich scharfer Zähne. Reißt das dampfende Maul auf zum Fauchen und Fluchen, war einst zu Bescheidenheit, Nachgiebigkeit erzogen, in fröhlicher Armut, einem Haus asozialer Familien.

Meine Arbeitsmethode sie besteht darin, dass ich manche Texte in ein Mäppchen für Gedichte lege, andere in eines für Prosa. Die Unterscheidung fällt mir nicht schwer. Beim Sammeln und Sortieren organisieren sich die Gebilde in bestimmte Bahnen und bringen weitere Sätze hervor.

18. März 1985, Montag

Il Compositore und Robert befinden sich im Garten, herabgewehte Äste und Ästlein auflesen zum Feueranzünden. Sie rufen und bellen und winken mir zu. Maurizius studiert alles Mögliche über Physik weil sie morgen eine Arbeit schreiben. Minus ein Grad, mehr nicht! wie Göthe so trefflich sagte. Was zu »mehr Licht!« verballhornt wurde.

Eines Nachts, als der Vollmond erglühte, später sein Licht weit in die Ebene goss, unaufhaltsam, auch mir ins Gesicht schien, und ich im unruhigen Halbschlaf überlegte, wie ich dem Esel sein Schrot darreichen könnte, ohne dass die zahlreicher gewordenen Schafe sich daran vergriffen, da sah ich plötzlich die Pferde der Kindheit aus der Vergessenheit treten mit ihren Namen, den umgehängten Futterbeuteln, das Maul darinnen nach vierzig Jahren.

20. März 1985, Mittwoch

Als der Compositeur gestern aus Dellstedt von der Chorprobe kam, da hatte er einen im Krönchen, so hatten die Sänger sich schließlich für seine Mühe bedankt. Bevor er losfuhr, zog er wie das Weiße Kaninchen seine Taschenuhr aus der Weste und rief Oh Jeminee, Oh Jeminee, es ist schon spät! so wie wir ihn zum ersten Male in der Villa Massimo erblickten. Er konnte Armbanduhren seines feinen Gehöres wegen nicht verkraften, und die schwere silberne Taschenuhr aus einer Sonderbaureihe für emeritierte türkische Lokomotivführer war ein Geschenk seines Vaters zum Beginn seines Studiums an der Musikhochschule.

Heute Abend fahren wir, das Weiße Kaninchen mitsamt der Taschenuhr und meine kleene Person nach Kappeln, weil ich dort lesen muss. Geteiltes Leid ist doppeltes Leid. Die Knete brauchen wir für unser kleines Landgütlein allhie.

Jetzt sitze ich in meiner Schreibstube über den Wolken und habe mir gerade an der Tür einen Aufkleber der Gesellschaft zur Rettung Schiffbrüchiger angebracht, denn für die Gestrandeten wird hier im Norden am Saum der See stets noch gesammelt. Und wenn man dreimal sein Scherflein hingab, wird man

automatisch zum Mitglied. So betrachte ich mich als Eine, die versucht, irgendetwas zu retten. Schippere jede Nacht in einem der Seenotrettungskreuzer umher und jage die Weltmeere durch und scheitere selbstverständlich in knapper Zeit, aber bis dahin fliegen wir noch, Seele, sagen die Slawen.

23. März 1985, Samstag

Mannigfacher Betrieb in den Lüften. Enten und Gänse fliegen hindurch, verkorkte Rotweinflaschen wie ichs beschrieb. Die Lerchen brüllen den ganzen Tag, und Kiebitze quieken, Amseln und Drosseln flöten ihre Liedchen. Wir haben beim Schafefüttern wunderbare Schellenten gesehen, es gluckste früh vom anderen weiteren Ufer: Moorgeschrey allenthalben. Die Bäume heben und senken ihre Tentakeln in wilder Verzweiflung weil sie noch kahl sind. Doch Schneeglöckchen blühn, die wilden Krokusse auch. Die Schafsdamen gehen abends in den Stall, was sie früher kaum taten, außer es goss in Strömen oder der Nordwind wütete sehr. Sie fühlen sich gehandicapt da sie so langsam wurden, schutzbedürftig in höherem Maße. Ich hab gestern in der Nacht in ihre Hütte geblickt wo sie friedlich saßen und kauten. Rechts- und linksherum. Auf der Eider ist stellenweise ne Eishaut, stumpfe Flächen im glänzenden Wasser vor der weißen niedrigen Sonne hinter kahlen Bäumen im Dunst. Auf dem Hof im ehemaligen Knabenpissoir haben wir einen zusätzlichen Stall vorbereitet für den Fall, dass alle weiblichen Schafe gleichzeitig niederkommen. Es ist ein wunderbares Gefühl, solch einen Stall herzurichten, das Stroh einzustreuen, nachdem die Bindfäden der Ballen zertrennt sind. Der Ballen scheint zu seufzen und dehnt

sich aus. Dann tritt die Gabel »Victoria« in Aktion, das Stroh in viereckigen Tafeln wird hochgeschmissen und fällt locker und glänzend zu Boden, wird schön verteilt. Nicht vergleichbar der Genugtuung, wenn man etwa Betten bezog. Besser, viel besser.

24. März 1985, Sonntag

Schade dass ich nicht mit dem Tonsetzer hab fahren gekunnt, andererseits wirst du belohnt wenn du auch am heiligen Sonntag früh auf den Pfoten bist deine Pflichten erfüllen. Als ich den Deich anging, mühselig in den größten Gummistiefeln drin, in die man hineinkömmt ohne einen Finger zu rühren, Größe fünfundvierzig jedoch und schlappend, bot sich der wunderbarste Anblick nach Osten. Die Sonnenscheibe stak in dünnen hin- und herschwingenden Wolken strahlenlos fest, während die Uferbäume als schwarze Silhouetten auf einem Hintergrund sehr dünner Nebel fremd sich befanden. Man hätte lang hinschlagen können vor Begeisterung Freude: welch exzellente Tapeten die schwangeren Schafe hier haben.

25. März 1985, Montag

Morgens regnete es, mittags kroch die Sonne hervor und ich sah vom Fenster wie sich Thekla auf dem Deich seitwärts hinlegte mit ausgestreckten Beinen und ich eilte hinzu. Sie presste und es schaute ein Lamm heraus der Kopf und die Vorderfüße. Dann stand sie auf und ging in den Stall, wo sie es schaffte, das Lamm hinzulegen. Leckte es trocken und bald erhob sich das kleene Tier und suchte die Quelle. Eine Stunde später die Nachgeburt.

26. März 1985, Dienstag

Am Morgen schrie der Esel und ich vermisste Paulas Stimme vom Deich, sie ist es ja die stellvertretend für alle Schafe stets ruft. Ich ging mit dem Futtereimer los, und Paula fraß vorn aus meinem Eimer, hinten guckte ein Lamm raus, aber nur der Kopf. Falsche Lage also, die Füße nach hinten, und die Zunge des Lamms hing geschwollen aus dem Maul. Flog ich zum Telefon, den Viehdocteur rufen. Er war nach fünf Minuten schon hier, der Lammkopf wurde wieder in die Paula geschoben, innen die Beine sortiert, darauf rutschte das kleene Tier heraus und lebte als wir ihm kräftig die Nase putzten. Ein schwarzes Lamm mit einer Blesse. Es befand sich jedoch ein zweites Lamm in der kleinen Paula, die riesige Thekla hatte nur eines. Der Viehdocteur holte es ebenfalls ans Erdenlicht und schmiss die Nachgeburten wild in die Lüfte über den Zaun, den Krähen zur Speise. Paula leckte ihre Lämmer nicht trocken, war wohl überfordert und ging später mit dem Kopf auf sie los. Die Paula war unser erstes Lamm vom vergangenen Jahr. Ich hab sie in den Vorbau geleitet, den vom Klassenzimmer, und dann kam Il Compositore gottlob aus der kleinen hässlichen Stadt vom Notenkopieren und wir haben die hysterische Mutter gemolken, was ne Strapaze war, viermal eine halbe Tasse, damit die Lämmer

ihre Biestmilch bekamen mit besten Abwehrstoffen. Zusätzlich gab es noch Milchpulverfläschchen, den ganzen Tag Stress und Beschäftigung, aber wir waren ganz high. Der Compositeur konnte die Paula am besten melken und am Abend waren die Lämmer schon stark. Als es dunkel wurde begann Paula nach ihren Lämmern herzzerreißend zu blöken, leckte sie auch ein bisschen als wir sie ihr zugeführt hatten, fing aber erneut an sie zu stoßen. Paula wurde kurz angebunden, der Pelz um ihr Euter ward geschoren und die Lämmerken tranken.

31. März 1985, Sonntag

Die Bachstelzen sind eingetroffen und Cleopatra als Schildkrott ist aus dem Winterschlaf uns erschienen. Toula hat noch nicht gelammt. Den Lämmerkens geht es gut, Paula muss weiterhin kurz angebunden werden oder mal länger, es kommt immer noch schubweise über sie, dass sie die Schwarzen verstoßen will. Nun weiß ich wovon »verstoßen« sich herleitet und »kurz angebunden« doch auch. Wir haben kaum noch Stroh, und der Bauer muss selber erst günstig was kaufen.

1. April 1985, Montag

Gestern um elf Uhr kam Toula nieder und schaffte alles allein als glückliche sanfte Mutter. Noch ein schwarzes Lamm mit kleiner Blesse, weiblich, trinkt bereits mit wackelndem Lämmerschwänzchen. Viele Redewendungen kommen vom Bauernhof! Ein Sonntagskind. Mittags ging Maurizio nach Jasmin schaun, so hatten wir Toulas Kind getauft, da stand ein zweites Lamm neben Toula. Ein Böckchen. Ein Schwarzkopf aber etwas meliert.

23. April 1985, Dienstag

Sapperment, das waren Turbulenzen bisher! Erst zogen die Handwerker ein, Tischler und Maler, umb weiße Schleiflack-Paneele, Bücherregale, Schränke und eine Garderobe im Flur, alles für Robert, dass er sich abhebt. Legten auch zwei Türen frei, die von den Vorgängern mit Sperrholzplatten vernagelt waren, das fanden sie anscheinend modern, herrliche Kassettentüren die es doch sint. Alles ist sehr hübsch geworden, aber auch teuer. Dazwischen der Schafsbetrieb und noch Besucher: Mister Kelly aus London vom berühmten Rascher-Quartett um ein Stück für Saxophone bestellen, und wir mussten putzen und haben dabei am Karfreitag dreimal die Matthäuspassion gehört. Der Tonsetzer hat die Treppe im Haus mit Zement unterfangen, erstaunlich, nun klappert sie nicht länger. Dann dieser runde sog. Geburtstag wo mich alle ufffressen wollten der Anstaltsleiter reiste an und versank auf unserem Moorspaziergang bis zur Hüfte im Schlamm. Meine Mutter haben wir über die Koppelzäune gehoben und sie hat zum ersten Mal und zur richtigen Zeit die hellblauen Moorfroschmännchen im Hochzeitsanzug gesehen, was sie außerordentlich freute. Johannes Schenk aber kam mit einem kleinen Boot aus dem Bremer Bürgerpark an, das er uns schenkte, eine kleine tänzelnde Nussschale mit Kupfernägeln

beschlagen. Im Bürgerpark schwören sie nun auf unsinkbare Plastikboote. Es folgten Lesungen, und in Bad Homburg musste ich als letzte Preisträgerin in der Jury für den nächsten Holterling-Preiser agieren, und der Meister Ranicki sprang krähend herum und siehe, alle waren für Ulla Hahn. Wie grün in Bad Homburg alles doch war! Und ich fuhr selig retour zu meinen kahlen mickrigen Bäumen.

24. April 1985, Mittwoch

Alles ist hier der reinste Pomp! Ein Morgenroth gleich loszuheulen! Igor der Moorschnuckenbock steht darinnen am Ufer der Eider. In Pahlen sind die Störche zu sehen, gestern hier über den Wiesen die erste Schwalbe. Die Kuh-Völker erscheinen rings auf den Koppeln. Doch die Rosen haben gelitten im gnadenlosen sehr langen Winter. Hatte ich alles bereits gedichtet. Den Tieren geht es gut, die Lämmerkens wachsen jeden Tag. Die Muttern, wie der Schäfer die weiblichen Tiere nennt so sie Lämmer haben, also denen haben wir die Hufe geschnitten. Maurizio und icke wir warfen die nieder und der Compositeur kürzte die Hufe mit einer Klauenschere, die wir besitzen. Es gibt einen Star der wie ein Kiebitz quiekt. Und ich sah die Bachstelzen im Hochzeitsflug, Brust an Brust stiegen sie auf, ließen sich fallen.

9. Mai 1985, Donnerstag

Blühet Erophila verna, das Frühlingshungerblümchen an den Wegrändern zuhauf, ein Zwergenschleierkraut und Gnomenblümchen. Gehören zu meinen Lieblingsblumen. Zitternd im leisesten Windhauch. Noch blüht der Huflattich, der erste Löwenzahn öffnet die Knöpfe. Auf dem Deich brechen die Mirabellen auf. Duftwolken treffen hier ein. Die meisten Bäume sind noch blattlos. Im Garten nun endlich mancherley Tulpen, sieben Arten Narzissen, Scilla und Traubenhyazinthen, die herrlichen Aurikeln, fast schwarze darunter, Himmelsschlüssel, das Immergrün dreht sich auf. Fast alle Rosen haben lebendige Augen. Schachbrettblumen schaukeln im Wind.

10. Mai 1985, Freitag

Der Himmel ist von feuchter Wollgrasfarbe in diesem verspäteten Frühjahr erstmals eine Folge wärmerer Tage, die den Lebendigen sichtbar erfreut. Kein Hauch liegt in den Lüften, eine milde Verwunderung bildet sich aus über dem grünenden Land, während der Kuckuck anhaltend ruft. Die Kühe sind ausgetrieben, gelangen am Abend noch in die Ställe zurück sich an das Gras zu gewöhnen. In den Gräben breitet der Gundermann seine Blüten gleich aus über rotgefrorenen Blättern.

14. Mai 1985, Dienstag

Wir haben den Schafszaun auf dem Deich die Schräge runtergezogen, um noch ein Stück Land mehr zu erlangen, es fehlte allenthalben am frischen Gras. Die Lämmer sind glückselig auf dieser Schräge, sie hüpfen senkrecht nach oben und landen unberechenbar, was sie anscheinend erfreut. Toulas Böckchen dies seltsame Kind spielt stundenlang mit einem leeren Eimer. Maurizio hat es sehr ins Herz geschlossen, aber eigentlich müssen wir die kleenen Böcke Ende des Sommers verkaufen vertauschen verschenken.

28. Mai 1985, Dienstag

Am Pfingstsamstag wurden die Schafe geschoren, vor unserer Küchentür auf einem alten Tisch. Kamen sie vor der Hitze noch aus den Pelzen. Die Lämmer schrien bis in die Nacht, sie standen neben ihren Müttern und erkannten sie nicht, da sie nun kleiner und eckiger waren. Ihr Inbild war zerstört, runde weiche Wolken schwebten ihnen lange noch vor. Konnte man Prägung studieren. Der Scherer sagte, es wär möglich, dass Lämmer nach der Schur alleine dann bleiben, praktisch die Mutter verlieren. Bei unseren war am anderen Morgen die Welt wieder in Ordnung. Etwas Frechheit und Würde ist den Schafen verloren gegangen, man muss viel mit ihnen sprechen. Igor der Schnuckenbock sieht wie im Nachtgewand aus unter seinen gewaltigen Hörnern. Als Gespenster stehen die Tiere nachts auf dem Deich und leuchten. Oh wie gut es mir geht! Ich besitze geschorene Schafe, einen Esel, einen Wagen mit Gummirädern an mein Fahrrad zu hängen und ein Dutzend weißgoldener Kaffeelöffelchen.

30. Mai 1985, Donnerstag

Es geht hier zu wie im Taubenschlag, sämtliche Freunde schneiten herein und als sie wieder fuhren, da war ich außerordentlich glücklich, auf diesem grünen Land für immer immer bleiben zu dürfen. Jochen Ursula und Kartini kamen, Barbara und Werner, selbst noch die Wölfe und Brodersens, und wir sprachen alles durch nachts im Garten und die Windlichter flatterten schön. Der Compositeur hat einen Kirchenschlüssel, dass er nach seinem Gusto die Orgel schlagen und üben kann, zum Ausgleich springt er dann ein wenn der Organiste mal nicht vorhanden ist. So sind wir mit unserem Besuch wenn es uns in den Sinn kam nachts noch Orgelspielen gefahren, ach war das schön in der schummrigen Kirche!

31. Mai 1985, Freitag

Jetzt gelangen die feinen altmodischen Akeleien zur Blüte, auch wilde Formen mit fast grünen Blüten stellten sich ein. Die weißen Dolden vom Hundskerbel der Engelwurz schmücken die Ränder der Straßen und Gräben, nahezu schulterhoch und die Seerosen sind aufgetaucht, es schneit von den Apfelbäumen. Die ersten Rosa rugosa erblühen, Vergissmeinnicht und andere gefühlvolle Blumen erscheinen.

2. Junius 1985, Sonntag

Und ich habe an einem Riemen von Gedicht wochenlang nun gesessen, fast ist es fertig kommt es mir vor »Schwarzer Spiegel« geheißen. So kann ich derzeit vom Rücken des Deichs mühlos das grüne Schinderauto erblicken, es naht es entfernt sich Gaukelei für die Augen auf der verdrehten oftmals geschlängelten Straße. Ich kenne den Alten der nie etwas bringt seit jenem Herbsttag als er mein Schaf früh schon geholt hat und ich glaube wenn er vorüberfährt so allbekannt grüßt Charon mit eigenen Augen zu sehen versuche auf gutem Fuße mit ihm zu bleiben. Gleich aber fahren Il Compositore und icke nach Francoforte doch mittem Zuch zu des Marchello Geburtstag, einmal muss es wohl sein denke ich mal.

10. Junius 1985, Montag

War ein ziemlicher Alptraum. Wir sind begeistert wieder in Tierenhemme zu sein. Bloß das Gras wächst zu langsam oder wir haben zu viele Schafe. Im Gemüsebeet Scheermäuse und Schnecken. Herrliche Schwertlilien blühen die schönen braunvioletten die hier immer schon waren, rahmweiß und chromgelb die ich mir einlud. Die Vergissmeinnichtschwemme ist am Verebben.

11. Junius 1985, Dienstag

Die Akeleien stehen in großen Säulen. Die alten Formen, fleischfarben aber auch korallenrosa und weiß. Die Honigblätter sind klein, die Kelche oftmals dreyfach gefüllt. Der Bleiwurz blüht, ein merkwürdiges tintiges Hellblau, das mich jedes Jahr umhaut. Islandmohn in Gelb, Orange, Weiß. Maurice steckt wohl im Bus. Er zählt schon die Tage bis zu den Ferien.

20. Junius 1985, Donnerstag

Flugzeugentführungen, sobald du das Radio anwirfst. Und im TV schreiten Mütter mit Kindern die Gangway hinab kurz bevor die Maschine gesprengt wird als ginge es in die Ferien. Am Nachmittag kamen Sattlers. Zuerst haben wir des Tonsetzers Englische Serenade auf NDR III gehört, dann fuhren wir mit unseren beiden Booten zum Fährhaus die berühmten Heringe essen. Darnach zog es uns noch in die nächtliche Kirche zu musizieren. Das Orgelchen ist rührend in seiner Angegriffenheit, und das Kirchlein mit dem Holzgewölb wie ein umgedrehtes Schiff. Profan mit Eisernen Kreuzen vom Ersten Weltkrieg an den Emporen.

25. Junius 1985, Dienstag

Weiterhin großes Sommertheater, spannendes Fernsehn, alles life. Die Geiseln der letzten Entführungsmaschine werden irgendwo in Beirut versteckt. Wir aber machen Heu. Gestern die Seiten des Grünen Wegs entlang, ein Kilometer Heu! Der Nachbar will es uns später pressen. Er hat es uns auch gemäht. Heute haben Maurizio und icke es lange gewendet, da der Compositeur auf einem Orgelseminar weilt. Man bekommt ein starkes Heimatgefühl, wenn man die Wege nicht lediglich läuft sondern unter Ächzen und Stöhnen ihr Heu noch gewendet hat. Mit den lieblichen Blumen, herausspringenden Fröschen. Der Schäfer ist wieder im Moor, wir haben ihn und die Herde im Feldstecher gehabt. Müssen wir hin sobald wir mit Heu und Orgelseminar fertig sind. Und übermorgen muss ich zur Kieler Woche, zweimal lesen für 1250.– DM, das auszuschlagen wäre doch Sünde.

1. Julius 1985, Montag

Ein Traum, den meine Mutter mir gestern als sie hier war erzählte: Ich las im Traum die Zeitung in diesem verregneten Sommer, da schrieben sie, wie gesund Spaziergänge wären und besser als Kopfschmerztabletten. Gehen Sie in dieser Zeit oftmals rings um unsere kleine Stadt hieß es weiter, und wenn Sie Glück haben, treffen Sie vielleicht unser Tiger-Paar, irgendwo in den Wiesen oder im Stadtpark. Sie dürfen dabei nicht zu sehr erschrecken, denn bislang hatte man nicht im Geringsten Anlass zur Klage. Ich bin also spazieren gegangen, und ich habe die Tiger gesehen. Zwei nette Tiere, die Leib an Leib liefen, die Bäuche schwangen im gleichen Takt mal nach rechts oder nach links.

Einer von Maurizius´ schönsten Träumen jedoch ist, dass er mit Loulou unserer längsten Katze, die noch aus Berlin stammt, eine Fahrradtour durch den Harz unternahm. Mal saß sie auf dem Gepäckträger, mal im Korb vor dem Lenker, dann wieder lief sie ein Stück neben dem Rad.

Kriwett kam mit einer Videokamera und einer Riesenwurst für Robert vorbei.

3. Julius 1985, Mittwoch

Das Heu vom Grünen Weg es ist immer noch nicht unter Dach und Fach. Wieder eine Redensart vom Leben auf dem Bauernhof. Heute ist das Wetter schon besser, vielleicht können am Nachmittag Ballen gepresst werden. Wir haben nun von Frau Martens ein weiteres Stück Deich zur Pacht bekommen, sie hat sich dazu durchgerungen, es uns und nicht wieder ihren Verwandten für deren Kühe zu geben. Für Kühe wär es ohnehin nicht viel wert. Die Tochter will es den Verwandten verklickern. Ein schönes Stück unter den Mirabellen, Schatten für die geehrten Schafe. Ich habe mich reichlich gefreut. Zu verdanken haben wir es dem Esel und Herrn von Schweinitz, die sind bei Frau Martens sehr beliebt. Gestern haben der Tonsetzer und icke also Schafsdraht und Pfähle gekauft, in Meggerholm, dem schönen Landbedarfsladen auf der anderen Seite der Eider. Begeisternd was es dort alles für gröbere Sachen gibt, die herrlichsten Kälberstricke zum Beispiel, Schaufeln seltsamster Formen, Sensen und Sägen aus Schweden und fürchterliches Geschirr für die ländliche Küche. Wir sind durch die Wiesen gefahren, haben Störche getroffen, wenn es die Fähre noch gäbe, so wär alles ein Katzensprung. Am Nachmittag zogen Maurizio und der Tonsetzer den

Zaun, bis zum Abend waren sie fertig. Die Einweihung soll heute Nachmittag sein, wenn Maurizio aus der Schule retour ist.

4. Julius 1985, Donnerstag

So weit war ich gestern im Logbuch, als der Viehdocteur nahte die Schafe den Esel entwurmen. Sie bekamen eine Paste in den Rachen gedrückt, und anschließend wurde der gute Wassili der Jungkater draußen auf dem alten Küchentisch betäubt und kastriert. Darnach sah er sehr ernst aus, tut sicher noch weh. Als Maurizio aus der Schule kam, haben wir die Viecher auf das neue Deichstück geleitet und alles feierlich eröffnet. Die Schafe fraßen gleich drauflos, der Esel orientierte sich erst, schritt die schöne Koppel aufmerksam ab, besah sich das Eiderufer, das hier ohne Zaun ist, eine sanfte heitere Stelle, war es zufrieden. Seit gestern scheinet die Sonn. Gleich blühen wundersame Rosen. Wohlriechende alte Arten, oftmals eine geviertelte Anordnung der Blütenblätter, ich könnte närrisch werden, ihr Duft vermischt sich mit dem des Holunders, was Besseres gibt es nicht. In den hellen nördlichen Nächten leuchten die weißen Blüten gänzlich verzaubert, bis 23 Uhr kann man draußen noch lesen.

Unser Heu wurde mittags in Ballen gepresst, über dreißig sind es geworden.

Vorgestern ist Böll gestorben. Und als der Tonsetzer nach Tellingstedt fuhr das Örgelchen schlagen, sagte ich er möge für den ollen Böll einmal »Komm heiliger Geist, Herre Gott« durchspielen. Schönes Holsteinisches Wetter mit fliegenden bunten Wolken, heißer Sonne, springenden Winden.

5. Julius 1985, Freitag

Die Zuckererbsen können geerntet werden, es blühen Phlox und Rittersporn, und Erdbeeren sind ooch noch vorhanden, was will man mehr? Ja Kompositionen, entzückende Gedichte. Sitzt der Compositeur im Urwald auf dem blauen Stuhl und meditiert, dass ihm was einfallen soll. Später vor seinem Notenpapier singt er was er sich ausdenkt. Lauthals Note für Note im Garten an seinem ambulanten Komponiertisch.

Chiropteren

Während die Taube ins Nest fällt
Mir meine Seele noch wärmt
Die Abgeschiedenen leis sich versammeln
Ihre Glieder verwerfen oh Herre Gott
Klingt es aus zersprungnem Portale
Silberne Pfeifen schmatzende Zungen
Seufzen und schnarren heidnisches Zeug.
Flatternde Töne unterm Gewölbe
Ein gestrandet Schiff wohl brennende Kerzen
Verwesende Lilien viel vaterländische
Weltliche Kreuze verblichne Naturen
Auf geringer Fahrt durch die Zeit
Dämmerung wahrgenommen schneeweiße
Kälte tief unter dem Lid.
Schweinegeschrei dringt vom Kirchhof
Die Unverständigen graben wie eh
Unter den Bäumen.

8. Julius 1985, Montag

Der Bambus springt mit geschlossenen Füßen alljährlich etwas weiter und man muss ihn aus den Rosenbeeten, den Päonien entfernen. An anderer Stelle fortkommen lassen. Ich habe tagelang Rosenliteratur verschlungen, ich roch die einzelnen Sorten aus dem Papier! Den Schafen wurden die Hufe geschnitten, ich hab gesponnen und Wolle gefärbt. Beim Spinnen kann man herrlich verlorengehen oder meditieren. Die Pfoten machen was anderes als der eine sehr fleißige Fuß, das Rad schnurrt und törnt die Spinnerin an. Es ist ein belgisches Spinnrad das wir erwarben, das beste das auf dem Markt ist. Sieht aus wie vom Bauhaus entworfen so edel.

17. Julius 1985, Mittwoch

Erst ist Maurice mit Hauke und den Brodersenschen Knaben auf die Insel Föhr geradelt, Edith war bereits dort, dann sind der Compositeur, icke und Robert der herrliche Hund auch noch hinterher eines schönen Tages. War alles außerordentlich hübsch in dem Puppenhäuschen, wo sich die riesigen Kinder dauernd die Köppe stoßen. Hiltmanns waren am anderen Ende der Insel, Hyun-Sook hat ein herrliches Atelier, eines Tages wollen sie und ich uns dort einschließen und eine Nacht lang malen. Zu Hause ist es aber noch schöner als auf der Insel die im Sommer etwas übervölkert erscheint. Der Esel ist heute ausgebüxt, lief blitzschnell den Grünen Weg lang. Auf dem Fahrrad konnte er eingeholt werden.

22. Julius 1985, Montag

Il Compositore und icke wir waren vorgestern beim Schäfer im Moor. Ich hab denselben angehaun wegen noch einer diesmal weiblichen Schnucke. Bekomme ich, und der Schäfer übernimmt dafür beide Böckchen von uns, echte Schäfergeschäfte. Wir blieben bis die Tiere abgetrieben wurden, für die Nacht in den Pferch. Zierliches Volk, aber nahezu vierhundert Tiere und das leicht aufgehängte Moor erbebte recht sehr. Gestern früh sind wir zur Herde gefahren und haben nachgeschaut, ob die Gepferchten OK sind, weil irgendwelche Spaßvögel vor ein paar Tagen das Tor aufgesperrt hatten. Der Schäfer hat seinen Wohnwagen noch nicht im Moor und gestern wollte er gern etwas später kommen, weil er eigene Schafe zu scheren hatte, und dies und das für »die Frau« erledigen musste, die das Haus an Sommergäste vermietet. Sahen wir also heute nach den Schopen, Maurizio kam auch mit.

Mittags stand der Schäfer hier in T. vor der Tür, die Hundehütte zu holen, die Robert ja nicht betritt. Sah der Schäfer sich unsere Schafe an, befühlte des Böckchens Hoden und fand den Kerl tauglich als Zuchtbock für viele Jahre. Da freue ich mich sehr, dass dieses hübsche Vieh, Sohn von Toula, nicht gleich aufgegessen wird. Friedrich hingegen hat eine zu

kurze Unterlippe, eine Schweineschnauze sah gleich der Schäfer, aber er nimmt ihn dennoch. Er holt die Böckchen ab »wenn er uns was über den Zaun setzt«, das ist dann die weibliche Schnucke, es geht bei ihm stets geheimnisvoll zu. Wie er zum Beispiel als echter Schäfer seine Herde nie richtig zählt, das brächte nur Unglück, so die kluge Entscheidung.

23. Juli 1985, Dienstag

Der Schäfer sprach über die Schnuckenherde, die den Rendsburger Anstalten, einer Pädagogischen Einrichtung und Ausbildungsstätte für junge Erwachsene angehört und im Naturschutz, zur Renaturierung der Moore eingesetzt wird, da diese alte Landschafrasse noch unter Wasser zu fressen vermag. Die Herde benötigt von Zeit zu Zeit unverwandte Böcke, aber woher nehmen bei diesen fast ausgestorbenen Tieren. Nun gibt es noch einige Skudden, den Moorschnucken sehr ähnliche Tiere, die mit den Trecks Ende des Krieges aus Ostpreußen kamen. Von denen hat er zwei Bocklämmer erworben. Sie unterscheiden sich nur durch runde ne Winzigkeit längere Schwänze von denen Schnucken, die von Natur aus kurze glatte haben. Unser Schäfer hat die Schwänze etwas frisiert. Die Schnuckenherde, die er im Lohn also hütet, weshalb mein Schnuckenerwerb nicht ganz koscher ist. Es wär aber alles vertretbar, da er jedes Lamm durchbringt, wo vor seiner Zeit nur jedes fünfte am Leben blieb. Jetzt sind es zwei Sommer her, seit ich die Schnucken das erste Mal sah und ich habe mich meinem Ziel, solche Tiere zu besitzen, deutlich genähert. Von den Bossen der Rendsburger Anstalt hätte ich wahrscheinlich nie diese Wesen bekommen, sie sind ihnen zu kostbar, zu selten. Ach wie icke mir uff das Elfenschaf freue!

29. Juli 1985, Montag

Die Mascha ist da, das Schnuckenlamm! Vor drei Tagen hat der Schäfer die Kleene über den Zaun gesetzt! Die Schafe strömten herbei, beschnupperten sie, gingen dann wieder ihren Verrichtungen nach. Und Igor und sie haben sich als Schnucken erkannt, Mascha lief hinter ihm her bevor sie noch greinte. Jetzt hat sie sich schon etwas eingewöhnt. Befreundete sich mit Paulas Lämmern, die ihrer Mutter nicht so am Schürzenzipfel hängen, da Paula keine Supermutter ist. Mascha hat kleene Hörnerchen und ist sehr niedlich. Fast von Lamagestalt, ihr Hals ist länger als bei den üblichen Schafen.

30. Julius 1985, Dienstag

Viel Regen auch in diesem Sommer, daneben ne Menge Sonnenschein, der Oleander wird blühen! Ich bin andauernd im Garten, der Regen fängt mich dann ein. Letzthin konnte ich vor einem Wolkenbruch gerade noch in den Hundezwinger flüchten, der uns im Urwald als Schuppen dient, von Schilfmatten umkleidet. Es prasselte auf das Blechdach wie verrückt, und Wassili rettete sich ebenfalls hinein. Es roch nach Kamille und Phlox, warn glücklicher Moment. Wassili sprach mit mir, ist sowieso ein Sprechkater, ging hinaus und hinein, saß mir auf der Schulter.

An warmen Sommerabenden ist es berückend schön auf dem Deich. Das neu hinzugekommene Stück, das zum Wasser hin nicht eingezäunt ist, macht einen verwunschenen Eindruck in seiner besonderen Beleuchtung von Westen her. Eine Bühne, eingeschlossen von den Mirabellenriesen. Der Storch flog drüber und ein paar Schwäne, ich hörte Brachvögel schrein. Die Schafe und besonders der Esel lieben dieses Deichstück. Bilbo ist gern unter Bäumen. Versucht sie allerdings anzuknabbern. Doch die Mirabellen haben schützende Stacheln. Er kommt als Esel hier oftmals hinter mir her und rührt mit sei-

nem weichen Maule mich an. Bringt sich in Erinnerung wenn ich mit den Schafen befasst bin. Braucht viel Liebe. Neulich sagte der Compositeur zu ihm »Eierbauch«, da war er aufs höchste beleidigt.

31. Julius 1985, Mittwoch

Gestern beim Schäfer gewesen, den Nachmittag mit ihm verhütet. Der Tonsetzer schnitt mir einen langen Schäferstock, mich darauf zu stützen wie auf den alten Gemälden. Beim Abtreiben versanken wieder zwei Schnucken in trügerisch begrünte Löcher, weil die Hunde sie jagten, und wir Gehülfen zogen sie an den bequemen Hörnern heraus. Ich hatte ein größeres älteres Tier erwischt, es kostete Kraft, es aus dem schmatzenden Schlamm zu befreien, ich musste mich rückwärts scharf in den Wind einstemmen. Graureiher flogen uns über die Köppe. Die Moorlilie blühte.

Pflanzenleben

Mir war verliehn Immergrün Eisenkraut
In Kränze binden auf einfache Art
Liebe gewinnen solang ich sie suchte
Tollkirsche Aronstab meine Begleiter
Als ich mich von den Häusern entfernte
Graureiher flogen die Moorlilie blühte.

9. August 1985, Freitag

Es sind eine Menge Dinge die ich leidenschaftlich betreibe, der Tag reicht kaum aus! Im Garten die neuen erstmals blühenden Rosen umsorgen, Stecklinge in Sandbeeten ziehen, Kakteenlisten ordern und von denen bestellen, die Sucht den Stachelklötzen mit Namen zuleibe rücken, Spinnen lernen, alles über Schafe lesend erfahren, Wolle färben – der Tag kann nicht lang genug sein auch ohne etwas zu schreiben. Oder alles was mir über den Kopf fliegt bestimmen, Fliegenschnäpper und die verschiedenen Fledermäuse, die Sumpfblumen ebenso wie sie erscheinen. Zweizahn, Schwanenblumen, der aufrechte der Ziest. Auch könnte ich Clematis-Arten sammeln oder eine Bambus-Schule eröffnen.

16. August 1985, Freitag

Wir gingen vorgestern tief in das schönere Moor. Lediglich einmal im Jahr setzen wir den Fuß dorthin, dass wir so wenig wie möglich zerstören, auf die schwimmenden schwingenden Rasen die es dort gibt. Die Bulten aus Glockenheide, Krähenbeeren, dem Schnabelried sind zu betreten, während man sich vor den Schlenken, dem Torfmoos wohl hüten muss, sie sind grundlos. Die Moorlilien waren verblüht, standen als orangefarbene Zweiglein an unserem Weg. Dort wo der Sumpf sich am Rand einer Heide verwandelt, blühten Sonnentau und der seltene Lungenenzian, was man verschweigen muss, Enthusiasten würden alles zertrampeln. Es gibt ein tiefes Wasserloch, worinnen die Krebsschere wächst.

Nachmittags erreichte uns eine Kakteensendung vom Gärtner Schleipf aus Süddeutschland, eine Bischofsmütze blühte als sie ausgepackt war.

Der kleene Kater Basilikum stürzte vom Dachfirst des Stalles und war recht blessiert, die Pfote verstaucht, das Maul derart geschwollen, dass wir ihn mit einer Pipette füttern mussten. Seit heute geht es ihm wieder gut. Er läuft rückwärts, weil die verstauchte vordere Pfote so weniger stört.

20. Augustus 1985, Dienstag

Meine gefärbte goldgrüne Wolle trocknet im Birnbaum und der Tonsetzer mäht die große Hauswiese mit der Sense, was etwas schwierig ist weil sie voller Frösche und Kröten steckt. Ich hab im Waldbeet gewirkt und später Marmelade gekocht. Mittags kamen Irene, Kurt und Karin Reschke. Wir haben geschwatzt und einen kleinen Rundgang gethan. Irene ist noch etwas schwach, kam gerade aus dem Krankenhaus. Wird schon werden mit der Mutter Bären, hab ich gesagt.

31. Augustus 1985, Samstag

Maurizio fuhr mit dem Mofa gewesenem Vollmond entgegen an mir und Robert Neufundland vorbei in die Schule. Die Schafe lagen in Dämmrung und Nebul, das Vieh in den Wiesen stöhnte wie entfernte rostige Pumpen. Der Kater Peter begegnete uns mit einer Feldmaus, die Robert als ein Geschenk sich nahm und lange umhertrug. Der arme Mäuseschwanz hing ihm fesch aus dem Maul.

7. September 1985, Samstag

Stus also ist tot, und eigentlich sollte ich froh darüber sein, weil sie ihn jahrelang geschunden haben, da er der Pfahl in ihrem Fleisch war, und Majakowski und Jessenin erwarteten ihn mit einem Trommelrevolversalutschuss, und anschließend erschossen sie sich wieder und wieder, und sie haben wie Pferde im Ersten Weltkrieg gelacht und mit Stus auf den Planeten heruntergesehen, tief ins verschneite Sibirien rein, wo er die jahrhundertealten Wegspuren der Gefangenen leuchten sah, und das gab ein verwirrendes gleißendes Muster, und Anna und Marina, aber auch Edith Södergran, alle haben sie zu seiner Begrüßung ein Poem von Puschkin auf ihren zuckenden Lippen gehabt und nannten Stus Herzweh.

Wassyl Stus ist ein ukrainischer Dichter, der im Permlager und in Sibirien saß, und an den ich längere Zeit im monatlichen Abstand Briefe mit Rückantwort für Amnesty International geschickt hab. Ich wusste, dass die Briefe ihm nicht ausgehändigt würden, aber die Tatsache, dass er im Ausland bekannt war, hätte zu seiner Sicherheit beitragen können. Ich bekam den Rückschein mit einem kyrillischen Krakel.

8. September 1985, Sonntag

Ich saß in meiner Schreibstube über den Wolken und stellte mir das ausgebreitete Meer vor wie es vor langer Zeit hier gelebt hat. Die versteinerten Seeigel, Abdrücke von Seelilien und Schwämmen, die ich beim Umgraben finde, bestätigen es, und eines gar nicht zu fernen Tages wird es hier wieder angestammt sein, wenn die Polkappen abtaun können die Rosenbäume in Vineta und Rungholt dann stehn, mir ist es recht, die feuchte Wildnis dereinst zu durchstreifen.

13. September 1985, Freitag

Jetzt sollte es neue Sprossenfenster geben, bei Maurizio, im Musiksalon und in meinem Schreibzimmer noch. Wunderbare Dinger, die teilweise weiß gestrichen werden, und der Maler blieb gleich und arbeitete weiter, hat uns Stuck geklebt und weiße Rauhfasertapeten. Knallweiß und nicht durch etwas andere Farb gebrochen, wie es die Maler gelernt haben zu wollen. Sieht kolossal genug aus, lacht schon mein Hertz. Und Robert tapste mit den Vorderpfoten auf das frisch gestrichene Fensterbrett im Karpathenzimmer. Siehe Datum. Kam der Maler einfach wieder, hat den Schaden behoben.

22. September 1985, Sonntag

Ich bin mit Maurizio auf einer Missionsreise durch Danmark gezogen, und dabei haben wir auch mein gerade entstehendes Buch gesehen, »Musik på vandet« geheißen mit einem entzückenden Ausschnitt von Caspar Davids Kreidefelsen auf dem Cover.

Die Landschaften unterwegs waren einfach ne Fortsetzung unserer Breiten, Wikingersteine und Schafe. Wir wohnen ja selber auf Jylland. Erst ging es ins nördliche Ålborg wo wir herrliche Häuser erblickten, unter anderem das erste fünfstöckige Steinhaus Europas, Jens Bangs Steenhus. Über den Limfjord nach Nørresundby: eine gewellte fast baumlose Landschaft, Wikingergräber und Schnuckenschafe zwischen den alten Steinen. Es sähe aus wie bei Tolkien sagte Maurizio. Bloß über das Wasser sollte man keinesfalls blicken, Asbest- und Zementfabriken zuhauf. In Århus schockierte uns das Missionshotel, ja es hieß so und war einfach grässlich, aber bei der Lesung haben wir die nettesten Dänen getroffen, Karen und Steen und mit ihnen und ihren Freunden lange zu Abend gegessen. Karen und Steen sind an der Uni, haben drei Kinder, Lu ist das jüngste mit einem Jahr, und die Eltern verdienen sich kaum das Salz in die Suppe weil die so teuer geworden nun ist. Die Bücherregale

bei denen zu Hause voller DDR-Literatur, und alle waren mal Kommunisten.

In Odense haben wir Andersen beinahe getroffen, im kleinen Geburtshaus wo man den Kopp einziehen muss. Anbauten nun, und ein Riesenraum mit sämtlichen Übersetzungen drin, noch in den kleinsten Sprachen die Märchen. Illustrationen durch alle Epochen. Diss hat er aber verdient! Endlich gehts mal gerecht zu! Schon für sein Geniestreich »Des Kaisers neue Kleider« hätte er den Nobeller posthum und jedes Jahr bekommen müssen! Nach der Lesung ging es in ein asiatisches Restaurant und Maurizio fraß wie ne Raupe.

Am nächsten Morgen gelangten wir mit der Eisenbahnfähre nach Seeland. In København der herrlichen Stadt blieben wir mehrere Tage. Rauschende Brunnen Himmel und Menschen. Die Seepromenade am herbstlichen Ufer, die lille Havfrue auf einem der natürlichen Steine. Am anderen Morgen im Kunstmuseum die dänischen Maler besehen. Nördliche dunklere melancholische Bilder, die uns arkadisch erschienen. Das herrlichste aber von København war der Ausflug nach Christiania hin, zu dieser Freistatt. Ein ehemaliges sehr umfangreiches Kasernen-

gelände, alte Häuser, vielfältige Pferdeställe, die jetzt Wohnungen waren, neugezimmerte wahnwitzige Häuser im märchenhaften Stile, und die zigeunerischsten herrlichsten Anstriche, Außenfresken zuhauf. Friedfertige Hunde großer Statur, Ziegen, ein Bär, viele bunte Katzen. Werkstätten in denen sie Möbel und weggeworfene Öfen zierlich für Göld umarbeiten, eine leuchtende Glasbläserei, Gärtnereien. Schließlich eine Fahrradfabrik, hohe gotische Modelle, worauf die Fahrer sehr königlich und von oben herab mit der besten Einsicht jedoch durch den Verkehr der Hauptstadt gelangen. Die drei einzigen selbstauferlegten Gesetze der Christianier sind: keine Autos, keine Gewalt, keine Drogen. Wir waren natürlich beeindruckt. Und diese schöne Utopie lebt schon sehr lange, nachdem sie aus einer Besetzung hervorging. Wie sie sich auch wandelt und mitunter gefährdet erscheint - sie hat sich stets noch gerettet. Zu räumen ist das nicht mehr, handelt es sich doch um 5000 Leute. Schöne Kneipen und Pferde. Nach der Lesung ein kleenes Fest mit denen Übersetzern meiner Gedichte, 3 rothaarigen Engeln, wo wir auch Inger Christensen trafen. Über das Meer ging es nach Hause, in Tonsetzers und Roberts Arme.

24. September 1985, Dienstag

Die Laubbäume haben einen falben Schein und sind schon gelichtet durch die heftigen vorausgegangenen Stürme. Der Himmel war in der Frühe erst türkis, später nahezu grün, seifengrün, und ein Streifen Morgenrot hing über den geehrten Schafen, dem Esel Nichtzuvergessen. Der Tonsetzer hatte viele Pflanzen entgegengenommen während wir reisten. Viel Zwiebeln von wilden und zahmen Tulpen hab ich inzwischen versteckt und hundert Narzissen. Kakteen erwarte ich stündlich. Die Wurzelstöcke der Taglilien lagen in meinem Zimmer auf dem Teppich als ich zurückkam wie die Alraunen.

30. September 1985, Montag

Das Geräusch der trockenen abgefallenen Lindenblätter auf der geteerten Straße im sehr leichten Wind ist eines wie von großen Schritten fremder für mich nicht sichtbarer Wesen, die hier vorüber müssen mit pendelnden Armen mir einen Backenstreich noch versetzen, wenn ich auf der Steintreppe stehe, den Kopf randvoller Bilder und nach Niemandem Ausschau halte.

21. Oktober 1985, Montag

Jetzt habe ich vierzehn Tage eine Droste-Auswahl gethan, mit einem Vorwort und kleiner Fälschung, damit es mir Spaß macht, Spaß muss es machen sonst macht es keinen Spaß, australisches Sprichwort. Il Compositore ist zu einem Konzert nach Österreich gefahren und im Anschluss nach Donaueschingen noch, und Maurizio machte sich auf nach Berlin, bis hinter die Mauer. Auch bei Karln wollte er reinschaun, der hatte so gebettelt dass sie sich träfen, nichts auf der Welt ginge ihm drüber. Dann aber war er nicht da, nirgends nicht im Mohren nicht in der Gosenschänke. Immer dasselbe, ein Riesengetöse und man fällt wieder darauf rein. Die Bäume sind fast kahl und unser Teller sieht sehr groß aus. Viel Rosen, Astern und Malven. Jetzt muss ich dringlich Jamaica Kincaid übersetzen, Ende September sollte es fertig sein. Ein Wahnsinnstermin, aber nur unter Druck kommt man zu Diamanten, den ganzen Sommer hab ich wie die Grille gelebt. Maurizio hat die Rohübersetzung beigesteuert.

7. November 1985, Donnerstag

Gestern im Orkan pflanzten wir Rosen, der Tonsetzer und ich, das war ein Hit! Und es gab Überschüttungen von Regen und Hagel, angießen brauchten wir nicht, doch ein paar Pfähle haben wir zur Sicherheit eingeschlagen. War sehr schön mit der Windsbraut, wenn wir hinterher auch nahezu taub waren. Jetzt hat auch das Schulzimmer neue herrliche Fenster erhalten. Sie waren gerade eingesetzt als der Orkan kam. Nachher werden sie noch lackiert.

Ja doch der nächste Orkan pfeift aufm Schlüssel ums Haus, die Wolken zerreißen sich und die Bäume küssen die Erde. Unser bekannter Igel, der mir mehrfach durch die Hände schon ging, er strebte gerüttelt geschüttelt dauernd fast umgeworfen in seinem schweinischen Laufschritt vom Deich zu den Strohballen hin, in denen er sein Quartier hat. Oder der Sturm nähert sich rollend wäre der treffliche Ausdruck, wie eine Kolonne von Omnibussen, oder man glaubt Stimmen zu hören, wahrhaftig es sind Auseinandersetzungen bösartig im Gange, dann verstummen sie, oder die wilden Tiere brechen ein in die Versammlung, fressen den Redner, legen sich nieder.

14. November 1985, Donnerstag

Ich sitze an dieser Übersetzung von Jamaica Kincaid, märchenhaft, schwierig aber sehr schön, und ich muss mich sputen! In Süddeutschland hat es geschneit, ich sollte die Rosen anhäufeln und den Gemüsegarten umgraben. Es ist nicht so wie in anderen Breiten, dass man lediglich im Frühjahr die Erde ein bisserl aufzulockern hat. Der Kleiboden muss unbedingt umgestochen werden dass er ordentlich durchfrieren kann. Der Compositeur will zu Sattler nach Bremen, wegen seiner Oper, Sattler könnte das Libretto schreiben.

30. November 1985, Samstag

Ein trockener Wind, ein Gin-Tonic von Lufthauch aus den Magnetgebürgen des Pols heult um die Ecken des Hauses, dass man glaubt Dämonen rufen uns an, begrüßen uns mit mörderischen Schlägen auf Rücken und Schultern. Die weißen Pferdchen vom Ponyhof, die bald gepfändet werden, sie legen Lidschatten auf und klappern mit den Hufen wie ein Balalaika-Orchester, des Kutschers Bärtchen setzt als dunkler Schmetterling über die Gräben. Wieder im Haus muss ich mir die Haare abtrocknen, denn es gibt weder Mützen noch Hüte in dieser Wirtschaft, nicht einen einzigen Handschuh. Als ob die Katzen sie fressen. Ich knüpfe an meinem scharlachrothen Seldschuken-Teppich, den Marco Polo mir abkaufen will.

9. Dezember 1985, Montag

Alle vier dickstämmigen Crassulae blühen wieder, ein Anblick der einfach sehr anrührend ist. Niemand bringt es so weit mit diesen Baumartigen, dabei ist es ganz einfach, wenn man einen hellen Standort hat und konsequent ab Ende September nicht gießt. Keinen Tropfen! Dann entstehen und öffnen sich die weißen Sterne, anfangs rosa bereift. Auch etliche Weihnachtskakteen sind voller Blüten. Und ich bin gleich fertig mit der Übersetzerei, der Compositeur aber ist in allerhöchster Ekstase über seine zu komponierende Oper. Jetzt muss er dringend die Reinschrift von den Saxophonnoten herstellen und kopieren, das Quartett lechzt schon darnach.

18. Dezember 1985, Mittwoch

Wir haben unsere Pacht der Schafsnasenwiesen bezahlt, die sehr gering ist und dabei Verhandlungen um weitere Landstriche geführt, und es wird von Frau Martens wohlwollend bedacht werden hat sie versprochen. Wir saßen in ihrer wunderbaren Küche mit dem Hund Gary und fünf Katzen. Sie tut als eingeborene Bauersfrau immer so, als ob ihr an Katzen nichts läge, nun standen aber·als wir unverhofft hereingeplatzt waren, die feinsten Körbchen und Schachteln mit Kissen und Decklein vor dem Herd und die Katzen schliefen darin. Diese Grobgetigerten mit glänzenden schwarzen Streifen und die Stumpfblauen, wie sie hier an der Küste oftmals durchschlagen von russisch-blauen Schiffskatzen her. Wir saßen also in der Küche und tranken Rhabarberwein vom vorigen Jahr, der diesjährige gärte noch an bevorzugter Stelle. 12 Pfund Rhabarber, 10 Pfund Zucker so wirds gemacht. Aßen feine Plätzchen, Kringelchen und Brezeln. Hörten auch, wie sie die Ratten hier angeblich bekämpfen: man muss in der Scheune oder sonstwo eine lebend gefangene Ratte mit Petroleum übergießen und sie abbrennen, dann gibt es furchtbares Geschrei und die anderen hören und riechen und wandern aus. Sie würde nur an uns ihren Deich verpachten, weil wir so ordentliche gut gehaltene Schafe doch hätten und diesen entzückenden Esel. Bekäme sie gerne vor Augen.

19. Dezember 1985, Donnerstag

Des Tonsetzers Opernpläne wachsen und gedeihen. Als an ihn eine diesbezügliche Anfrage aus der Richtung des Herrn Hentze kam, da hatte kurz zuvor Sattler, der ja mein Correspondent ist, im Briewer geschrieben, dass er aus reiner Freude ein Libretto unter der Feder nun habe, Johannes auf Patmos. Ich habe geantwortet OK, der Compositeur braucht einen Librettisten, das müssen Sie sein! Nun läuft alles, d.h. fliegt wäre besser gesagt, denn es ist völlig rauschhaft. Silvester kommen Sattlers, das wird ein Getöse, lauter Verrückte um mich herum. Den Komete aber hab ich bisher noch nicht erblickt, er wär in den Fischen, aber die sind völlig bedeckt. Ich mache im Momang merkwürdige längere Prosadinger, völlig unklar was das wird oder ob es der Papierkorb bekommt.

29. Dezember 1985, Sonntag

Ein sanftes Schneien begann, bei minus fünf Grad, weitermachen! Seit Tagen herrschten heftigste Stürme, und ich habe Wolle gefärbt, sanfte leuchtende Farben. Gestern war in geringer Entfernung Hasenjagd, irgendwelche Dummköpfe aus Hamburg irrten hier umher und Robert war irritiert, mochte die Ballerei gar nicht. Wir ließen die Katzen lieber im Haus.

5. Januar 1986, Sonntag

Nun liegt üppiger Schnee, und es schneit auch immer mal wieder. Silvester hatte es in sich! Mittags kamen Sattlers, mit der Dunkelheit traf Meckseper ein. Alle trugen herrliche Mützen. Sattler führte Austern mit sich, die er auch öffnen konnte. Es war sehr hübsch und die paar Raketen, die man hier erblickte, waren recht schön in der weißen Pracht, die Tiere hielten es aus. Neujahr sind wir lange spazieren gegangen, es sah wie in Grönland aus, und als die Gäste abends wegfuhren, setzte sich Loulou mitten auf den Tisch und schnurrte, schnurrte über eine Stunde laut wie ein Trecker. Am 2. Januar kam Hans-Herman Rief aus Hennstedt hier entlang, er ist der Kustos vom Vogeler Haus in Worpswede und hatte seine Schwester in Hennstedt besucht. Und am 3. Jaguar kam die Lektorin Frau Locke und wir redigierten flugs die Übersetzung Jamaica Kincaid. Ging relativ schnell, aber dieser Betrieb, dauernd soll man reden, das nervt. Nun herrscht Ruhe, die Übersetzung ist abgegeben, und ringsum liegt und fällt der erhabene Schnee, auch die Bäumer sind üppig weiß, der Horizont ist aus der Welt. Gegen Mittag wird der Schnee bunt wenn ihn die Sonne fast durchdringen kann. Rot, violett und blau. Rehe und Hasen ziehen umher. Krähenschwärme existieren auch in diesem Jahr und funktionieren prächtig! Morgens entstehen sie

im Morgenrot, dann vereinzeln sie sich, abends im Abendrot fungieren sie als schwarze Schleppe. Ich aber schreibe wenn kein Betrieb ist drei bis vier Seiten Prosa gleich in die Maschine, kunterbuntes Zeug direkt aus dem Hirn, etwas das »Aus dem Leben der Schmetterlinge« genannt werden könnte.

9. Januar 1986, Donnerstag

Minus 15 Grad und dichter Nebel. Alle schwarzen Tiere (Robert, Yasmin, Bilbo) sind außerordentlich bereift und hübsch anzusehen. Maurizio ist oft mit den Skiern unterwegs. Unsere Heizung ist etwas überfordert, sie schafft es kaum über 15 Grad. Es ist jedoch auszuhalten mit unseren Schafpullovern und Hundewesten, ja der Robert wurde versponnen. Das Heizöl neigt dazu zu paraffinieren. Loulou findet stets noch das wärmste Zimmer und geht in dasselbe. Moritz hatte den ersten Schultag und war lange bei meiner Mutter, da sie nur wenige Stunden hatten.

18. Januar 1986, Samstag

Es gab Tag für Tag krachende Kälte, bis zu minus 27 Grad, und die Eider fror haltbar zu. Der Sturm erschuf herrliche schwarze Schlittschuhbahnen indem er den Schnee ans Ufer blies, und wir alle ruff auf den Fluss, samt Robert dem Hund, alias Schumann. Und siehe, ich hatte des Schlittschuhlaufens nimmer vergessen. Hängte mir auch an Roberts Schwof und er zog mich. Der Tonsetzer konnte, Maurizio lernte Eislaufen. Die Landschaft vom Fluss aus zu betrachten war sehr interessant! Zumal alles zeitlich um Jahrhunderte zurückversetzt schien, bis dann ein paar Tölpel mit ihrem Auto auf dem Eis erschienen.

19. Januar 1986, Sonntag

Hans-Herman Rief hat uns eine Sonderführung im Theodor-Storm-Haus in Husum geschenkt, er ist mit dem Chef dort befreundet. Der ganze bildungsversessene Brodersen-Clan und der unsrige fielen nun ein. War sehr hübsch und molto interessante, es stand der originalgeschmückte Stormweihnachtsbaum holdselig da mit unzähligen gläsernen Vögeln und besonders das knallrote Arbeitszimmer hat mir sehr imponiert. Dann sind wir noch durch Friedrichstadt geloofen, über kleene Friedhöfe und an herrlichen Häusern vorüber. Maurizio hat Fieber und ging zu Bett.

23. Januar 1986, Donnerstag

Igor als Schafbock von den schwangeren Damen separiert und darob etwas vergnatzt, er ärgerte den guten sanftmütigen Esel, rannte mit Anlauf und gesenkter Hörner mehrfach gegen ihn an. Bis dem Esel der Geduldsfaden riss und er ihn überwältigte, auf den Rücken legte und in die Nase biss. Das Blut floss daraus. Aber Bilbo war durchaus im Recht. Und es herrschte Frieden fürderhin.

25. Januar 1986, Samstag

Waltete ein wundersames Mondlicht die ganze Nacht, er war rund und ich stand auf die Schafe im Mondschein betrachten. Der Esel ging ebenfalls spazieren. Nun in der Frühe befinden wir uns in einer Jugendstillandschaft wie sie im Buche steht, schwarze Bäume und schwarze Krähen an Stelle der Blätter darin.

14. Februar 1986, Freitag

Es ist immer noch alles tiefverschneit, wir haben einen skandinavischen Winter, ab Hamburg seit Wochen nur Regen. Die Lammzeit ist nah, Toula und Thekla haben sichtbare Euter und sind vorsichtig geworden in ihren Bewegungen.

21. Februar 1986, Freitag

Mir ist jämmerlich traurig zumute, Thekla ist tot, einfach gestorben, ein Kreislaufzusammenbruch als die Wehen begannen. Etwas kurzatmig war sie schon immer, auch im Sommer bei großer Hitze. Ich hatte sie sehr gern weil sie so sanft und liebenswürdig war. Außerdem sah es sehr hübsch aus, wenn sie jeden Morgen mit ihrer Tochter symmetrisch neben der Deichtreppe saß, die schönen griechischen Profile. Wie sie mich morgens erwartet hat und sich aus dem Heusack ein paar Halme aussuchte! Mein gutes Schop! Hoffentlich macht Toula keinen Ärger. Betrübt bin ich und von der Grippe geschlagen und sehr empfindlich.

24. Februar 1986, Montag

Nun hat die gute Toula zwei Lämmer bei Vollmond und minus 15 Grad bekommen, sie hat alles wunderbar gemacht, die Nachgeburt lag im Eimer. Ich hatte gestern Abend schon gedacht, dass sie bald niederkäme und noch mehrfach mit ihr gesprochen. Heute früh hat sie stolz ihre Lämmerkens gezeigt und sie hatte wieder ihre schöne tiefe Mutterstimme. Ein Männlein, ein Weiblein, letzteres mit dunklerem Kopp. Heißen Arwen und Gawain sagt Maurizius und Arwen hieße Abendstern. Die anderen Schafe auf dem etwas entfernteren Deich wussten schon Bescheid, hatten alles erfahren. Bella lief hin und her und posaunte es schon aus als ich mich anzog. Wo sich die Milch befindet wissen die Lämmerkens auch. 147 Tage dauerte die Tragzeit. Ich wusste ja wann Toula besprungen war.

28. Februar 1986, Freitag

Mir träumte, ich sei auf meinem Esel ins Moor geritten, die Füße schwebten dicht über den Wasserlöchern, doch blieben sie trocken. Aus seinen Hufabdrücken, die sich mit schwarzem Wasser füllten, wuchs gleich der Blutwurz. Ein schöner Anblick, wenn ich nach rückwärts mich wandte. Vor uns unbestimmbare Dämmerung, kleine zusammengeschobene Gagelsträucher und schrilles Tönen des Winds, das zunehmend lauter wurde.

2. April 1986, Mittwoch

Gestern sind wir im Regen zum Gärtner gefahren drei Kopfweiden holen anstelle der räudigen halbtoten Tannen gen Südwest. Die eine Weide schnitt er schon zu wie sie als Kopfweide durchgehen könnte, die anderen sollen wir erst im nächsten Jahr kappen. Er sagte wir dürften den Spruch nicht vergessen beim Pflanzen. Ich fragte wie der wohl gehe. »Vivat, crescat, floreat!« seine Antwort. Wir versprachen alles zu murmeln. In der Nähe des Gärtners auf dem Höchsten Berg (42 m über dem Meeresspiegel) ist eine kleine Spatenfabrik, die ca zweihundert Spatenmodelle herstellt, mit alten Dampfhämmern und Schleifmaschinen, das hat den Compositeur aber auch mich sehr interessiert, und wir bekamen eine Führung und einen Spaten für unseren Tielenhemmer Klei.

11. April 1986, Freitag

Gottes Löwin die Sonne hinter Wolken verbannt! Es ist immer noch recht kalt, höchstens mal sechs Grad, nachts oft unter null. Da wäxt nix. Jedoch sind alle Rosen lebendig, hab in ihre Augen geblickt. Der Herr Meckel hat einen unverschämten Briewer geschrieben, verreißt mein »Irrstern« voll Hass! Das ist der schwarze Neid. Wieder ein Nam im Heidenkalender verstrichen.

24. April 1986, Donnerstag

Ich war tingelnd unterwegs in Göttingen und Beverungen, eine Alphabetisierungsreise und es ist wunderbar dass ich wiederum hier bin. Gab gute Knete für unsere kleine Kolonie.

Nun sind Verschiebungen im Schafsgefüge notwendig geworden, alle Tiere gelangten auf die große Koppel, und sie sprangen vor Freude am Wiedersehen. Toula jubelte endlich bei der Herde zu sein, sie fraß und fraß, kümmerte sich erst einmal kaum um ihre Lämmer. Igor versuchte die Herde zu ordnen was ihm anfangs gar nicht gelang. Den halben Winter nur ein Schaf an der Seite, nun dieser Überfluss! Zuerst begrüßte er Toula, dann lief er die anderen Thiere betrachten, beriechen, ein wenig zurechtweisen, dass sie wüssten, wer hier der Bock ist – er erschien schließlich ganz abgehetzt und musste sich niedersetzen. Die Lämmer ließ er in Ruhe, die wurden von den anderen Damen zunächst unterdrückt, aber das gibt sich nach ein paar Tagen. Heute in der Frühe begleiteten mich die handzahmen vertrauensseligen Lämmer den ganzen Zaun entlang obwohl ich mit Robert ging. Sie kennen ihn ja, er hat sie im Stall besucht. Anfang Mai wird noch ein Stück Deich eingezäunt, welches wir bereits von Frau Martens per Handschlag gepachtet haben.

Schneewärme

Den Winter lebte ich
Im Packeis gefangen.
Gottes Löwin die Sonne
Hinterm Erdstern verbrannt.

In der Dämmerung fand ich
Tote Seelen die Schatten
Erstarrter Seen und Flüsse
Blank ohne Leben.

Ein Fell war gewachsen
Das Eis zwischen den Krallen
Rief Blut vor ich sah
Wo ich herkam.

Lange hörte ich Stimmen
Immer war es derselbe
Unbegreifliche schneidende Wind.
Das Glück empfand ich im Rudel.

Wir gingen in Dörfer schlugen
Die ersten jammernden Lämmer
Vom Himmelsrande
Lösten sich Tiere mit Flügeln.

Da wurde ich schwerer ich trug
Einen Wurf unbezähmbarer Kinder
Wenn die gabelförmigen Wesen
Mit Feuer und Flamme hantieren
Galts auf der Hut sein.

26. April 1986, Samstag

Heute die erste Schwalbe erblickt, allerdings in Niedersachsen und vom Zug aus, als ich von Bremen zurückkam. Ich hatte eine Lesung, war mit dem Compositeur bei Sattlers, dann trennten sich unsere Wege, er fuhr nach Witten zu denen Musiktagen hin, aber ich ich durfte nach Hause.

4. Mai 1986, Sonntag

Der erste Kuckuck, was sich jedoch nach dem 26. April langsam herumsprach, das war ein Supergau im Atomkraftwerk Tschernobyl in der SU. Nun überlegt man ob man sein Kind in den Regen schickt und ob man Milch vom Bauern holt oder eher nicht.

9. Mai 1986, Freitag

Sprechen wir lieber von Schafen als von etwas anderem, die Trauer ist sowieso stets noch vorhanden. Die Bauern trieben ihre Kühe aus, als gerade der erste der radioaktive Regen niederging. Was sollten sie anderes tun, das Heu ist zu Ende. Unsere Schafe bekamen auch ihre Dosis Radioaktivität, wie auch der Mensch. Die Lämmer hatten sich schnell in die Herde gewöhnt. Gawain das Böckchen ist oft in der Nähe von Igor zu sehen, der liebevoll neben ihm geht, ihn anerkannte und wohl anlernt könnte ich sagen. Die Zwillingsschwester Arwen litt zwei Tage unter dem neuen Zustand, der ungewohnten Größe der Koppel, dass sie ihre Mutter verfehlen könnte und plötzlich allein steht. Inzwischen sind alle eine glückliche Herde, und Igor waltet seines Amtes als Oberhaupt und dirigiert sie hierhin und dorthin.

Gestern sind alle Schafe auf das neueingezäunte Stück Deich gegenüber von Frau Martens gelangt, alle hinter mir und meinem Geschrei her mit dem ich sie zu bannen versuchte, dass keines bei überraschenden Kräutern hängenblieb oder entkam. Toula wurde von Maurizio fürsorglich am Strick geführt als stärkster Charakter und phantasievolles Wesen, dem immer was Absonderliches noch einfällt. Der Esel blieb zurück, er braucht seinen Stall

bei den Regengüssen die es jetzt gibt. Wenn ich im Garten zu tun hab, binde ich ihn neben mir an und wir unterhalten uns und er ist glücklich.

10. Mai 1986, Samstag

Es ist wieder eine sehr grüne Zeit und ich lebe wie unter Wasser. Aber die großartige Freude wird oftmals zerstört, weil »aber in Tschernobyl« wie'n Menetekel über dem Kopp schwebt, wo die armen Menscher erst dummgehalten und dann viel zu spät evakuiert worden sind. Um alles herunterzuspielen haben sie noch ein großes Radrennen stattfinden lassen. Später brach Panik aus und die Leute versuchten in überfüllte Züge zu gelangen oder ein Flugticket zu erbeuten. Natürlich werden hier Geigerzähler angeboten, während in der DDR alles für harmlos erachtet wird. Die meisten Politiker sind nach einem kleinen Schock wieder so weit sich ihre schönen Reaktoren nicht verteufeln zu lassen.

19. Mai 1986, Pfingstmontag

Am Samstag gegen Abend kamen Jochen, Ursula und Kartini, letztere mit einem einfußlangen purpurnen Wurm, das ist heutzutage wohl ein Teddy-Ersatz. Wir haben alles durchgesprochen bis tief in die Nacht fuhren damit am nächsten Tag fort. Saßen im Garten, Kartini befreundete sich mit dem Esel, dann kutschten wir nach Lexfähre, wo die großen Segler festgemacht hatten, aßen und gingen lange spazieren. Heute Vormittag, Il Compositore hatte gerade meine Mutter aus Heide geholt, da kamen alle noch einmal vorbei und es war ein sehr lustiger Vormittag. Wir hatten Champagner, nur dass er nicht frappiert genug war hätte man rügen können. Jetzt da wieder Ruhe herrscht, Lisa wird gerade nach Hause gefahren, sind Loulou und icke sehr froh, wieder freie Bude zu haben.

21. Mai 1986, Mittwoch

Zwei Wunder gleich in der Frühe! Ein Phyllokaktus blüht zum ersten Mal, seit ich ihn in Bothel, kurz bevor wir umzogen als Absenker eingepflanzt habe. Gestern war die Schlangenknospe noch geschlossen, über Nacht ist sie aufgekracht. Außen hellgelb, innen ein reines Weiß, größer als meine rotblühenden die ich seit ewigen Zeiten schon habe. 26 Zentimeter im Durchschnitt. Was aber das Tollste ist, ein irrwitzig wundersamer, ne Winzigkeit stechender Geruch, so du das Schulzimmer betrittst. Denn dort steht der Kaktus beim Tonsetzer im Fenster hinter dem Flügel, damit dem was Herrliches einfällt. Das zweite Wunder waren zwei Pirole, zwei Männchen, die sich so verbiestert jagten, dass ich sie mehrfach deutlich aus der Nähe betrachten konnte. Gewöhnlich leben sie im Verborgenen in den Baumkronen drin, die sie kaum verlassen.

Demetrius

Wie ein Pirol lebe ich
In den Kronen der Bäume
Berühre den Boden nicht
Liebe die Wolken aber der
Falsche Kaiser er wimmert
Nach meiner Seele.

Gezinkt war seine Rede jetzt
Ist er am Ende ich aber
Lebe in den Baum-
Kronen ewig
Lache über den
Falschen Dimitri das greinende
Holz ohne blühenden Zweig.

22. Mai 1986, Donnerstag

Maurizio kam nicht bis in die Schule! Schöne Entschuldigungen, die der Wahrheit entsprechen: er wurde mit seinem Mofa von einer Herde Bullen, die ausgetrieben wurden, so lange aufgehalten, bis der Bus in Pahlen abgefahren war. Es kann auch passieren, dass das Mofa den Geist aufgibt, denn dummerweise ist es ein tschechisches Produkt. Ärgerlich wenn das auf einer privaten Unternehmung passiert.

Der falsche Kaiser der verarbeitete der Name aussem Heidenkalender! Vitzliputzli ade.

8. Junius 1986, Sonntag

Der Compositeur ist nach Hannover gefahren, wo die Saxophone, das Rascher-Quartett, ne Aufnahme machen. Ich sitze an meiner merkwürdigen ellenlangen Prosa, und abends webe ich ein bisschen. Ich habe ein Buch über Brettchenweberei aufgetrieben, das ist hochinteressant. Es handelt sich um eine prähistorische Technik, viele Plättchen mit verschiedenen Löchern versehen verstellen dauernd die Kette, dass die edelsten Muster entstehen. Hab schon ein wunderbares schwarzgelbes Band hergestellt. Bei Ausgrabungen fand man solche durchlöcherten Plättchen und war sich lange über deren Funktion nicht im Klaren. Bis irgendwelche Bauernvölker alles erklären konnten, da sie selber noch solche Bänder webten.

11. Juni 1986, Mittwoch

Jetzt gibt es hier die langen weißen Nächte, bis Mitternacht reichen die Sonnenuntergangsröten, es ist außerordentlich und man wird fast verrückt vor solch elysäischer Pracht. Der Tonsetzer hat mich zu zwei Lesungen gekutscht, einmal nach Lüneburg, einmal nach Heide. Da wurden wir auf der Rückfahrt des Himmelstheaters wonniglich inne. Nachtgefiederte flatterten uns über die Köppe, die Moorohreule und die Brachvögel glucksten, wundersame Töne für den der sie hört ein wiedergefundener Text eine Schrift dies Rot die sich gerade entschlüsselt, was vom inneren Bau der Gräser verrät und so weiter. In dieser Zeit werden die Futtermieten geladen, festgefahren und zugedeckt. Der Frühling liegt auf der Bahre unter dem Plastiklaken mit Vergissmeinnichts Hahnenfußkugeln Kuckuckslichtnelken den dunklen Rispen des Sauerampfers. Ansonsten Remmidemmi in Tielenhemmi. Es werden Besuche und ein Fernsehteam in Aussicht gestellt. Besuch von Barbara und Werner allerdings, die sehr beliebt sind.

18. Junius 1986, Mittwoch

Il Compositore ist nach Wien hingefahren, Herrn Henze, Frau Berghaus zu treffen. Die Meisen, Schwalben und Rotschwänze füttern ihre Jungen, die schon fliegen an allen möglichen Stellen, mal hier und mal da. Und mitunter sitzen die arglosen Kinder auf dem Gartentisch, auf den Lehnen der Korbstühle als hätten ihnen die Alten nie etwas von Katzen erzählt. Eines Morgens hatte Loulou unsere längste Katze und eine Berlinerin und ich bin ihr sehr verbunden, solch ein Meisenjunges anscheinend erbeutet und ins Haus getragen auf dem Teppich fand ich ein Füßchen und einige Federn. Wovon ich mir zwei hübsche gelbe aufhob und mit in mein Schreibzimmer nahm. Stunden später kam Loulou herein, sie ist die Katze die sich jede Tür aufklinken kann, und sie beroch sehr interessiert die beiden Federn auf meinem Schreibsekretär. Ich sagte ja was du gemacht hast, sehr milde aber etwas vorwurfsvoll. Die Katze sah mich an und drehte sich weg voll des Ausdrucks: also davon verstehst du nun aber wirklich nicht das Geringste! und ging davon.

23. Junius 1986, Montag

Es blühen nun Rosa alba semiplena, Pompon de Bourgogne, Rosa alba suaveolens, Rose de Rescht, Commandant Beaurepaire, La France, Sarah van Fleeth, das schöne Schneewittchen am Trockenplatz. Viel getan auf dem Papier und im Garten, am Samstag fast in der Nacht kam der Tonsetzer retour von der Tour. Mickel war in Wien im Gefolge der Frau Berghaus und soll zum Erschröcken ausgesehn haben, eine tragische Erscheinung. Gestern kamen Sattlers. An der Hohner Fähre ließ Sattler das Boot in welchem er und der Tonsetzer saßen absichtlich kentern. Maurizio und ich waren am Ufer als Publikum. Es wäre der Tell-Sprung gewesen. Seine Taschen hatte er vorher wohlweislich entleert, aber des Tonsetzers schöne silberne Taschenuhr ist kapores. Oh Jeminee! Oh Jeminee! Nun ist es zu spät! Zwanghafte Geltungssucht. Man soll wahrscheinlich mit dem Correspondenten correspondieren sonst gar nichts. Es ist sehr heiß und unser Heu kam in Würfeln durch das Tor gefahren.

6. Julius 1986, Sonntag

Die Luft und der Himmel über unserer kleenen Klitsche, die des Tags die lebhaften Scheren der Schwalben durchschneiden, des Nachts der samtige Flug der Ziegenmelker verzaubert, sind so still wie der sich zwischen den Sternen erstreckende unendliche Raum. Ein heißer Sommer zum Verlieben! Jetzt bin sogar ich in die Eider gegangen, das ist eine große Besonderheit, und Robert wollte mich retten, hat mich fast untergepflügt. Dann musste ich Lesen fahren, retournierte etwas derangiert aber glücklich. Gestern kam die ganze Brodersen-Sippe und wir sind alle mit dem Boot in Etappen und mit System über die Eider zum Bratkartoffel-Essen gefahren. Sieben sog. Menscher waren wir da. Und dieses Mal ist niemand ins Wasser gefallen.

22. Julius 1986, Dienstag

Ferdinand Pichard, Souvenir de la Malmaison, Belle Isis, Reichspräsident von Hindenburg, Lili Marlen: so heißen die blühenden Rosen. Im Garten auf der Heuwiese auf einem Zaunpfahl wird ein junger Kuckuck von Fitis-Eltern, erwiesenen Winzlingen gefüttert! Er ist fast so groß wie eine Taube und reißet das Maul auf, ein flammenfarbenes großes.

27. Julius 1986, Sonntag

Ich träumte, mein Esel hätte Flügel gehabt und mich damit an das Nordmeer getragen. Erst war es dunkele Nacht, dann kroch die Sonne hinter dem Erdball hervor und wir beschlossen, uns niederzusenken. Es ist ein schöner warmer Tag, sagte der Esel, ich will mich ein Weniges in die Sonne legen. Sehr angenehm, sagte ich und zog meine Zigaretten hervor. Rauchst du wieder, fragte er mich. Die Welt ist langweilig, tödlich langweilig, sagte er, es lohnt sich nicht, ein Mensch zu sein.

30. Julius 1986, Mittwoch

Die Ankunft

Der leuchtende Landstrich
Heißt mit Wasserlilien willkommen.
Schwarzblühendes Feiertagsgras
Kniekehlenküsse und Zittern
Ausgebreitete Schatten im Wind Brach-
Vögel mit lächelnder Miene
Der geschlängelte der baumgefiederte Deich
Und Wolken von Schafen verteilt Treppen und
Stege dies Seelenländchen ein grüner
Himmel auf Erden die nimmermüden
Überquellenden Knicks sind ein Halt
Für meine weitsichtigen Augen.

2. September 1986, Dienstag

Ich bin vorlesend umhergezogen und bis Heidelberg gelangt. Zwischendurch habe ich bei Dottore Canisius, einem Musikwissenschaftler der auch Lesungen in Gang setzt, die Schafe gemolken und Käse bereitet, bin auf Branzo geritten, einem mir zugeneigten herrlichen Pferd. Wir sind mit der Kutsche durch den Odenwald geklappert. In Karlsruhe sprach ich mit Wolfgang Henning, unserem Malerfreund aus der Villa Massimo lange über so vieles unter der Sonne, und darauf besuchten wir Grünewald und Caspar David Friedrich und ein rührendes Blumenstilleben mit grünem Krug von Odilon Redon. Auch bin ich zu den Kranichsteiner Literaturtagen hingebrummt, wozu ich verpflichtet war und lesen musste, da ich Knete vom Literaturfond bekommen hatte. Man las wohl auch um einen Preis, aber die Jury war so beschcuert, dass ich den Ausgang schon wusste. Dort lernte ich Jiří Gruša kennen, den sie unterwegs auf einer Lesereise ausgebürgert haben nach bewährtem Muster die Tschechen. Und Anna Rheinsberg, ein rothaaricht Wesen, etwa so alt wie ich seinerzeit auf der langen Rumänienreise, und sie erzählte mir dies: 1982 in Struga in Mazedonien zu den Poesie-Mammut-Lesungen auf der Brücke, wo ich natürlich auch schon mal war, da kam sie nachts in einen Bus, der die Schriftsteller aller Länder zum

Hotel bringen sollte, und im Bus hing ein betrunkener finnischer Dichter so in den Seilen, und schrie als er sie von Ferne einsteigen sah »Sarah Sarah! hier ist ein Platz!« Sie konnte ihm kaum erklären dass sie nicht ich sondern Anna war. Da drehte sich mir das Herz noch mal um, denn 1983 war er schon tot.

15. Oktober 1986, Mittwoch

Wochenlang Handwerker, das Dach wird völlig erneuert, das Eternit verschwindet auf einen benachbarten Kuhstall. Wir bekommen Pfannen und eine splendid Isolation. Ich mache mir allerdings einen Riesenkopp umb meine Rosen. Die dem Haus angelehnt sind. Die Ostseite vom Dach ist schon abgeräumt und mit neuen Dachlatten versehen, Regen darf es eine Woche nicht geben. Der Esel und die Schafe sehen vom Deich interessiert zu was alles passiert.

22. Oktober 1986, Mittwoch

Nachmittags brach beim Nachbarn ein Brand im Strohschuppen aus, der sich Gottseidank etwas abseits von seinem Hof befindet. Die Feuerwehr kam und es gab action, das Löschwasser wurde der Eider entnommen, das Feuer konnte gebändigt werden, Rauch und Qualm noch und noch, fast erstickten die Kälber. Hinterher ein prachtvoller Regenbogen über der Brandstatt. Der Bauer war in großer Aufregung, weil seine Kinder nicht gleich zu finden waren. Er fürchtete dass sie sich im Strohschuppen aufgehalten hatten.

Dunkelheit

Und wenn sich die Stimmen Schwester es
Brennt der Wildgänse nachts überschneiden
Geh ich von Fenster zu Fenster höre die
Sturmgeschüttelten Bäume
Anklopfen um abgefallene Blätter.

2. Dezember 1986, Dienstag

Ich war eine Dienstreisende per Eisenbahn und mit meinem schönen Schofför was mir mehr taugte. Das Allerlei-Rauh-Märchen will ich für mein Prosastückchen nun fälschen. Passt mir gut in mein Kram. Am Nachmittag kam Inde Sattler von ihrem grünen Lehrbauernhof hier entlang und wir sind alle ins Moor gezogen, Robert ging gleich noch in die Eider, so gute Laune hatte er. Er liebt Besuch.

Entfernung

Das halbe Leben vom Leben der Katzen
Spielt in hohen Träumen sich ab sie gehen
Weite Strecken im Schlaf oder fliegen
In blauen Wolken geflügelten Dingen nach.

Ist man hier weiß man von dort nicht mehr
Viel. Was ich erlebt habe ist mir entfallen.
Eigentlich gab es nichts zu verstehn.
O dieses mondsüchtige Leben von Katzen.
Wie Hasenbrot die Vergangenheit nun.

11. Dezember 1986, Donnerstag

Es war so neblig, dass der Busfahrer wegfuhr ehe Maurizio seinen Fuß auf dem Trittbrett hatte. Man feiert die Feste wie sie fallen.

Eisrosen

In diesem Winter blühten die Rosen einfach weiter.
Triefende Nebellaken dämpften jedes Geräusch.
Die Dohlen knarrten stundenlang auf unserer Insel
Sie waren nicht imstande den Ort zu verlassen.
Der grüne Deich eine Zunge auf der ich stand früh
Am Morgen kam aus dem Nichts und führte auch wieder
Hinein. Ein paar Meter Gras in der Luft dahinter
Reißt alles ab und ich bin es zufrieden.
Welche Überraschung so unvermutet am
Ende zu sein friedlich in all
Dem wässrigen Weiß in lockere Laken geschlagen.

30. Dezember 1986, Dienstag

Weihnachten hab ich keenen Journaler geschrieben, alles Papier wurde mit Gedichterl oder schnöde Prosa bekritzelt, wundre sich niemand! 8 Grad plus in der Frühe, alle möglichen Flüsse sind über die Ufer getreten, ich sah es im TV, zum Beispiel die Leine. Bei diesen Jahresrückblicken erschien auch wieder die Katze in Tschernobyl. Ich kenne sie, habe sie oftmals auf ihrem Fensterbrett erblickt, wie sie sich putzt und dann in einen Blumengarten verschwindet. Eine menschenleere Idylle. Hans-Herman Rief kam mit seinem Adlatus des Wegs, sich etwas signieren zu lassen.

2. Januar 1987, Freitag

Die Tage waren kurz und finster, die Nächte lang und stockend! Ein Teil der Schafe steht in diesem Winter einen halben Kilometer entfernt auf dem Deich, wo auch ein Schafstall entstand, gebaut von Il Compositore und Maurizio. So hab ich jeden Morgen einen Spaziergang oder eine Radfahrt, wenn Wind und Schnee es erlauben. Es erfasst mich eine Genugtuung sondergleichen wenn ich die guten Thiere alle versorgte und wieder retour bin. Zuletzt werden noch die Vögelchen bestreut, es kommt nun öfters ein Buntspecht. Und die Blaumeisen wispern den ganzen Tag vor dem Fenster des Grünen Zimmers wenn ich meine Seldschuken-Teppiche knüpfe. Stern Nummer 28 ist angefangen.

8. Januar 1987, Donnerstag

Seit heute hat Maurizio wieder Schule. Es herrschen minus 8 Grad und später ist eine Fahrt nach Meldorf fällig, die Schnuckenvliese waschen und kardieren zu lassen, man macht sich die Pfoten kapores wenn man es ohnedies zu spinnen versucht.

17. Januar 1987, Samstag

Eremitage

Keiner weiß viel und weise
Ist niemand unter den Menschen
Jung war ich vor langer Zeit
Eine Abtrünnige lebe ich
Zwischen den Meeren schlafe
Auf Birkenblättern während der
Eisvogel beharrlich nach
Beute taucht vor ihm der Frost
Den Schnabel versiegelt niemand
Kennt mein Haus meinen Viehstall.

Die Tür umschlingt das Geißblatt
Vom Giebel singt die Freundin
Im drosselfarbenen Kleid.
Drei gewaltige Linden stützen
Anscheinend den Himmel für mich
Apfelbäume striegeln den Sturm.
Noch lagern Schafe und trächtige
Ziegen vor meiner Schwelle
Zahme Schwäne befahren das Wasser
Worüber die Falter schweben.

Gott hat eigenen Honig süße
Äpfel und Schlehenschnaps
Klappernde Nüsse. Gutwachsende
Binsen wilder Rosen anmutige
Mähnen wenn die leuchtende
Sommerzeit den grünen Mantel
Hervorholt und die Musik
Breitmäuliger Herren die
Vielen Rufe des Kuckucks
Den Sinn mir erfreun.

Bis der Sommer dahin ist
Nächtelang das Nebelhorn dröhnt.
Mein Zaunkönig teilt den
Winter mit mir fremde Gäste
Lassen sich nieder blitzen
Aus den reifigen Büschen.
Die Tintenzüge aus meiner Feder
Mit ihren Füßchen und Krönchen
Fallen her übers weiße Papier
Krächzen wie Raben.

Oh Jeminee daran hab ich wochenlang nun gesessen, und draußen herrscht die Schneekatastrophe! Il Compositore nahm gestern den Schneeschieber im Auto mit als er nach Dellstedt zur Chorprobe fuhr. Und Maurizio braucht nicht zur Schule da kein Bus sich bewegt. Ich hab wie gesagt ausgestanzte Berge von Gedichterl zu sortieren, die mir noch ganz unbekannt sind. Wunderbare Vögel mit Hauben. Und es geht immer noch weiter.

27. Januar 1987, Dienstag

»Es ist Winter, die Luft ist kalt, die Erde ist hart. Da leidet der Hase im Walde Not, denn er findet keine Nahrung. Der Jäger kommt.« Auf den Schwall Gedichte folgte einer in Prosa, wird alles noch kontrolliert. Auch mit dem Kassettenrekorder. Beim Lesen auf denselben bemerke ich jedweden Schwachsinn, brauche nichts abzuhören. Lesen ohne Rekorder funktioniert nicht in der gleichen Weise. Morgen jedoch muss ich bey Eis und Schnee auf eyne kleynere Missionsreise ins Münsterland. Die Loulou kam rin. »Kalte Finger! Kalte Finger!« ihre Worte.

31. Januar 1987, Samstag

Habe also in Münster und in Ibbenbüren gelesen. In Eskimo-Stiefeln durch die münsterländische Kälte. Die Lesung in Münster war im Audi-Max. Und das Mikrofon war kapores, der Hausmeister trug ein goldenes Kettchen und hatte keinen blassen Dunst von Maschinen. Ich ging in die Macke-Ausstellung und ab ins Rüschhaus. Eines der schönsten Häuser der Welt, aber heutzutage führt die Autobahn gleich durch die Küche, den demolierten Garten. Der Gewürzstrauch ist dennoch vorhanden. Die zweite Lesung kriegte ich auch über die Bühne, und nun bin ich es sehr zufrieden, wieder an Ort und Stelle zu sein. Die Viecher freuten sich auch mir zu begrüßen. Die Meisen beginnen zu klimpern.

3. Februar 1987, Dienstag

Nachts minus 8, am Tag bis minus 3 ansteigend. Ein irrwitziger rotgoldener Sonnenaufgang, und vorher die Venus groß wie ne Stalllaterne. Die Thiere, die Schafe meine ich und Bilbo Beutlin sie breiten sich in der Sonne ganz aus und blinzeln in sie hinein. Kein Grund zur Klage, nur der Abfluss von Spülbecken und Waschmaschine scheint eingefroren zu sein. Nix läuft ab, nur noch über. Der Klempner sagt, da hülfe nur auf Tauwetter warten. Also müssen wir in der Badewanne abwaschen. Il Compositore ist nach München zu einem Vortrags-Konzerte, ohne den Vortrag fertig zu haben. Ich drücke ihm die Daumen, auch dass der Flieger überhaupt fliegt.

6. Februar 1987, Freitag

Sturm von Südwest, 4 Grad über und der Abfluss ist wieder OK. Ich muss für die Rentenversicherung Bürokratie erledigen. Die wollen Diplome sehen, die ich längst weggeschmissen oder verbummelt habe. Noch nicht mal mein Abi-Zeugnis konnte ich finden. Kann ich aber nachbestellen, selbst noch im Ländchen müsste alles aufgehoben sein. Auch Maurizio hat Bürokratie am Halse, er muss eine Begründung zur Wehrkraftverweigerung (Zersetzung) formulieren. Lebenslauf und polizeiliches Führungszeugnis gehören auch noch dazu, dann muss alles weggeschickt werden. Jeden Morgen füttere ich meine Fasane! Punkt 8 sind sie da.

9. Februar 1987, Montag

Krähengeschwätz

Mein Richtstern ist ein faust-
Großer Planet und mein Kompass
Liegt auf dem Grund der See
Aber die Hoffnung will tanzen
Nur der Sperber über der Ebene
Liest die Gedanken.

Erde und Menschen sind
Gänzlich verwildert hilft
Kein Besinnen der Klotz
Ist unterwegs im freien Fall
Und ich selbst
Entstamme einer Familie von Wölfen.

10. Februar 1987, Dienstag

Nebel und Regen und Temperaturen über dem Gefrierpunkte seit Tagen. Den trächtigen Damen geht es sehr gut, sie haben für die Nacht den festen Stall im Knaben-Pissoire eingestreut bekommen. Mascha hat schon einmal den Wasserhahn aufgedreht und alles unter Wasser gesetzt. Das schaffen nur intelligente neugierige Schnucken. Die Meisen und die Amseln tirilieren bereits, aber die guten Fagianos treten hier morgens immer noch auf wenn ich sie rufe nachdem ich Hühnerfutter gestreut hab. In der Dämmerung kommen ein paar struppige junge Katzen denen ich Brekkies gebe, die sich auch schon mal streicheln lassen. Im Sommer sahen sie kränklich aus, Milch und Mäuse das ist ja nix for ne Katze. Es wird gerade hell, da ruft Toula vom Deich, so nimmt sie immer Kontakt mit den schwangeren nun etwas entfernter wohnenden Mädchen auf, von denen Yasmin die Tochter ja ist. Aber auch nach Gawain horcht und ruft sie, der steht eine Ecke weiter mit seinem Vater bei Flusskilometer 35.

14. Februar 1987, Samstag

Seit Anfang Februar hat es keinen Frost mehr gegeben, was uns äußerst erfreut nach diesem 3. sehr harten Winter hintereinander. Auch die Tiere sind es zufrieden, allen voran Bilbo als Esel. Bei den Schafen hier im Hofstall gibt es noch keine Lämmer, lange kann es jedoch nimmer dauern, so rund z.B. die Mini (Yasmin) ist. Ich wünsche ihnen abends eine Gute Nacht und knipse das Licht aus.

Der Frühling

Der Westwind hat die Schneedecke
Fortgezogen das grüne Gewand
Leuchtet hervor den Bäumen
Blies er Lava unter die Rinde.

Eisrosen wachsen am Fenster.
Liegen auf dem Deich
Schneereste oder sind es
Die Lämmer gerade

Geboren? Die Erde
Reißt auf vor Schmerzen.
Die Risse schließen sich
Wenn der Huflattich wuchert.

Schwarzes Pferd schwand
Vor noch die Nacht kam.
Huflattich seine Spur
Höllenblumen der Gruß.
Wundre sich niemand.

25. Februar 1987, Mittwoch

Ich hab Mini und Mascha den ganzen Tag gut beobachtet und Mini gab mir zu verstehen, dass sie bald niederkäme. Außerdem hatten gestern Arwen und Gawain, die Halbschnucken Toulas vom vergangenen Jahr ihren einjährigen Geburtstag, und dann läutete Maurizio die große Glocke im Flur als er das neue Lamm entdeckte. War frisch geschlüpft und wurde unermüdlich abgeleckt, ein schwarzes mit winziger weißer Blesse und ich nannte es Jojo. Dieses Lamm ist Minis ganze Freude, sie putzt es fortwährend und brummelt mit ihm und behütet es dass man sich einfach mitfreuen muss. Mascha ist in den Vorbau des Klassenzimmers umgezogen, da sie nicht den nötigen Ernst aufbrachte als Nochnichtmutter sondern das Lamm die kleene Jojo foppen wollte.

28. Februar 1987, Samstag

Wir leben in Matschedonien wieder! Überall steht das Wasser in großartigen Pfützen, ich pflüg mir morgens mit die Galoschen hindurch. Gestern war so enormes Glatteis, dass noch die Katzen wie auf Eiern gingen. Mascha bleibt im Vorbau, Yasmin hat ihr Lamm auf dem Rücken im Pelz. So selbstverständlich und vertrauensvoll als wäre es schon ewig hier in Tee auf der Welt. Yasmin ist ununterbrochen stolz und fröhlich und guckt sich ihr Lamm oftmals mit aufgerissenen Augen an, um deren Pupillen dann ringsherum Weiß ist. Heut müssen wir Jojo jedoch einen Coupierring um das Schwänzchen legen.

1. März 1987, Sonntag

Wieder Frost (-3) und etwas Schnee. Der Fagiano wartete an der Futterstelle als ich von den Schafböcken kam. Sein Ruf klang wie auf einer rostigen Gießkanne getutet. Er rief seine Hennen. Hab ich sehr gern. Auf der Eider sind wieder Schellenten zu sehen, als Wintergäste.

20. März 1987, Freitag

Ich bin auf einer Lesereise gerne gewesen, in Eis und Wasserschnee der jeden Schuh noch durchdrang. In Düssel bei Harry Heine gelesen, es gab Zoff, weil nicht alle Leute reinkommen sollten. Ich hab alle reingeboxt. Hinterher bin ich noch mit Naegeli in die Kunsthalle zu einer himmlischen Miró-Ausstellung gegangen und später zu seiner Freundin gefahren. Schließlich in mein Krönchen-Hotel. Ein winziges Hotel Royal, direkt hinter dem Leuchtreklame-Krönchen hab ich mein Klo. Dann nach Krefeld über den Rhein, es graupelte und schnie abscheußlich. Die Veranstalter waren eine Familie von Kettenrauchern. Lesung knüppeldick voll. Weiter nach Hilden im Schneesturm, da bekam ich ein grauenhaftes Missionshotel, mitten im Zimmer eine gläserne Säule mit einer Dusche und einer Toilette darin. Und alles an der Hauptstraße dicht vor der Ampel. Zog ich um, was aber bedeutete, dass ich jetzt kein Telefon hatte meine Farm anzurufen. »Es ist schon spät« hör ich in mein eigenes Radio in diesem Scheißhilden Schumann-Lieder. Und sehe das Weiße Kaninchen. Es sollten wieder nicht alle Menscher die gekommen waren rinjelassen werden, aber sie durften dann auf der Erde sitzen. Waren sehr viele Leute. Ohne mein eigenes Radio hätt ich keenen Schumann gehabt, Hotelradios haben keenen Schumann. Am anderen

Morgen enormer Wasserschneefall und icke nach Kölle, da warteten schon Stern-Leute auf mir die tagelang hinter mir hertelefonierten, um eine Stellungnahme zu Gorbatschow zu erlangen. Machte ich nicht. Die Lesung ging mir flott aus dem Maul.

22. Märzen 1987, Sonntag

Dieser harte und gnadenlose sehr lange Winter könnte man dichten. Il Compositore ist noch immer unterwegs, er machte sich, als ich Lesen fuhr, nach Moskau und Kiew auf mit drei anderen musikalischen Menschen von Sikorski. In Kiew soll ein Stück von ihm aufgeführt werden, falls es sich um keinen Übersetzungsfehler noch handelt. Morgen soll er retournieren. Heute war die Auferstehung der Schildkrott, sie badet gerade. Die Eider ist seit Kurzem in der Mitte eisfrei was die diversen Enten erfreut. Verstohlen geht wieder der Mond auf.

23. Märzen 1987, Montag

Moorgeschrey und Lerchengedröhn, mittags kam Il Compositore retour, der noch bei seinen Eltern in Hamburg ringeschaut hatte. In Kiew war es sehr schön, rührende Kollegen, besonders Silvestrow, der mit seinen Kindern die verstrahlten Äpfel teilt und so weiter.

29. März 1987, Sonntag

Mein altbekannter Fasan und die getreuliche Dohle, die mitunter mit dem Lamm hier auf der Hauswiese spielt, vor ihm herumhüpft, sich verfolgen lässt und dann auffliegt, sie sind am Morgen am Futterplatz. Mascha aber steht wieder auf dem Deich, weil sie anscheinend vorläufig kein Lamm kriegt.

7. April 1987, Dienstag

Lesen gewesen, in Berlin zweimal. Einmal bei Barbara in der schönen Wolffschen Buchhandlung. Maurizio war mit von der Partie und ging in Ausstellungen, Dix und Grosz. Ich war froh als ich wieder hier war. Und endlich wird das Gras grün und die Rosen schlagen die Augen auf. Jojo, die Maurizio aber Elanor taufte, ist gut gediehen und kann bald mit ihrer Mutter zu der übrigen Herde. Mascha scheint eine Jungfrau geblieben zu sein.

11. April 1987, Samstag

Am 8. April zum Beispiel war wundersam offenes Wetter und wir holten am Nachmittag unsere zwei Platanen, um die ich seit Herbst telefonierte, nun gab es sie, allerdings Babys, doch wir haben Geduld. Als wir sie gepflanzt, besprochen und angebunden hatten, da ging Maurizio die Schope füttern und entdeckte wieder ein Lamm! Mascha stand mit einem Winzling auf der Koppel und ließ es trinken. Solch Moorschnuckenlamm ist nur halb so groß wie ein normales. Ich geleitete sie in den niederen Stall dort auf dem Deich und warf die Nachgeburt über den Zaun mit wildem Schwung, wie ich es von unserem nun schon verblichenen Viehdocteur lernte den Raben zum Fraße, es soll nix umkommen hier. Das Lamm heißt Zwetlana, da die Eltern russische Namen tragen erscheint es uns passend und weil der Tonsetzer so begeistert von seinen russischen Kolle gen ist. Der Huflattich blüht, wundre sich niemand.

17. April 1987, Freitag

Jetzt ist das Grün eingelangt, ein sattes verde biliardo denke ich mal und bin erfreut. Gestern zu mein Geburtstag ist natürlich meine Mutter erschienen, und sie hat voller Freude sämtliche Viecher und neuen Bäume betrachtet. Nun muss ich Korrektur lesen, diese »Bergehohen Wellen« für Manesse, die im Herbst kommen sollen und noch erweitert wurden mit Dingen, die im Ländchen verboten waren. Ich hab einen herrlichen Abutilon in Zitronengelb von Edith bekommen worüber ich mir sehr freue.

27. April 1987, Montag

Verstohlen geht wieder der Mond auf

Die Wolken zerrissen über dem Moorland
Das fahl wurde und still wie die Ewigkeit.
Der Wind trug aus allen Richtungen
Nächtliche Laute her Gekrächz
Auch von Raben die beugten vom First
Sich zu den Fenstern herab deren Spiegel
Kletterrosen bespannten sie sahen
Ihr Abbild kopfüber in einem Graben
Darunter die Wildnis des Himmels.

Die Raben vergaßen das Haus die
Blumen des Gartens schwarze Meteore
Schwebten sie auf Helgoland zu dess roter
Felsen wie ein Klavier im Packeis
Aus dem Eismeer aufragte viel schöner
Als in Italien der Heilige Stuhl mag sein
Dass ich etwas mit meinem Norden prahle -
Mir scheint es ich sage die Wahrheit
Schreibe mit unverdorbener Tinte.

30. April 1987, Donnerstag

Heute sind schon in der Frühe 15 Grad. Il Compositore und icke wir haben Maurizio vom Schulbus aufgepickt und sind zu Kurt und Irene in deren halbes Bauernhaus an die Ostsee gefahren. Es ist alles sehr schön geworden und Irene ist glücklich in ihrem Garten. Sie hat grüne Pfoten, das hatte ich nicht gewusst. Wir sind an den Strand gerollt, an eine Stelle wo es massenweise Hühnergötter gibt, das sind Steine mit einem Loch. Sie konnten bei entsprechender Geduld in allen Größen aufgespürt werden, auch Winzlinge, und ich war ganz verrückt nach ihnen. Der Tonsetzer in seiner starken Kurzsichtigkeit kroch nahezu auf allen vieren, mir Hühnergötter zu finden, ganz allerliebst. Kurti hat mir ooch noch Steine geschenkt. Maurizio ist ins Wasser gegangen.

13. Mai 1987, Mittwoch

Servatius als Eisheiliger also. Ich habe schon drei Reihen an meinem Teppich geknüpft. Eine Reihe mit Farbwechsel dauert vierzig Minuten. Es regnet und ist kalt, acht bis dreizehn Grad permanente. Ich sperre das Moorschnuckenlamm abends mit seiner Frau Mutter stets in den Stall, weil das ältere Naturkind nicht friert, in Regen und Sturm grast und sich ins nasse Gras setzt, während das Lamm vor dem Stall steht, jedoch nicht hineingeht, um die Mutter nicht aus den Augen zu verlieren. Meist haben die beiden Körperkontakt, mehr als die anderen Schafe. Sie rennen seitlich angelehnt in hohem Tempo über die Wiesen wenn ich sie rufe. Im Gleichschritt geht das vonstatten.

Frau Lukas, die entzückende Kustodin aus dem Rüschhaus hat mir von Annettens Gewürzstrauch ein stattliches Stückerl zum Einpflanzen geschickt. Dauernd wird dieser Gewürzstrauch in ihren Briefen erwähnt, von dem ihre Freunde stets einen Zweig bekamen, wenn er geblüht hat. Da ich ihn berühren kann fällt es mir leicht zu glauben, dass Annette auf dem Planeten war. Frau Lukas die etwa sechzig ist hat in ihrem Zimmer einen Riesenpropeller an der Wand lehnen, ein Andenken an ihren Verlobten, der Pilot war und im Krieg umkam.

Mit der Aussaat bin ich noch nicht fertig – aber hier in den nördlichen Breiten holt das Spätere das Frühere ein wenn die kalten Nächte sich endlich verzogen. Es fehlen die Noldeschen Blumen, deren Samen ich vorigen Herbst in Seebüll geerntet habe, der Mohn, die Malven mit den durchscheinenden grünen Kelchblättern, der Fuchsschwanz, die wundersamen einjährigen hohen Nachtkerzen.

26. Mai 1987, Dienstag

Am 20. Mai begann ich eine Alphabetisierungsreise in die südlichen verfinsterten Provinzen, was ich dort erlebte fasst keine Kuhhaut. Durch Hagel und Wolkenbrüche ging es nach Kamen und das Missionshotel hieß »König von Preußen« und ich las mit Helga Piepenbrink, einem Münsterländer Kind, dieses und jenes. Ein ortsbekannter Mensch erlitt während der Lesung einen epileptischen Anfall. An diesem Ort ließen die Ratsherren gerade die herrlichen alten Bäume um den Marktplatz fällen, aus Rücksicht auf ihre kostbaren Automobile. Am anderen Tag im Frühstückszimmer sah mir Königin Luise auf mein grüngekochtes Ei und ich machte weiter nach Mannheim. Da gab es arge Schlangen wegen mein Mäusgen in der Kunsthalle gar und sie waren alle von den Socken, über das was ich las. Bloß hinterher bei den Reichen und Schönen da litt ich doch sehr, konnte aber nicht entfleuchen. Die Fahrt vorher am Rhein entlang hat mich gerührt, da hab ich zum ersten Mal ein flatternd Hertze gehabt. Wie er sich durchsägt, tropische Inseln erschuf, Stromschnellen bereithält und entzückende Weinberge und diese Lorelei, deren Nam sicherheitshalber gleich angeschrieben steht wie Hollywood in Hollywood. Vorher hatt ich dem Fluss nix abgewinnen können. Nun aber! Es ging weiter, bergauf, nach Ravensburg,

wo ich mir italjänische Schuhe kaufte und im Hotel »Waldhorn« nach einer Lesung die OK war nächtigen durfte. Ein uraltes Haus aus Napoleums Zeiten. Am anderen Morgen wurde ich von einem ORF-Auto abgeholt und durch das Große Walserthal bis nach St. Gerold kutschiert. Wohnte dort mit Blick auf die Almen und Gipfeldörfchen in der eigentlich schweizerischen Probstei, einer Enklave der Benediktiner. In einer Zelle deren Schreibtisch eine Schieferplatte besaß. Ich fror Stein und Bein über Nacht, schaute jedoch auf die Alpen im Schnee. 1500er Gipfel, das Kloster fast auf dieser Höhe. Seit ich eintraf die heftigste Sonne, die herrlichsten Blumenwiesen, die sanftesten Kühe darauf. Hier war ich Schmuck eines Workshops für junge talentierte Vorarlberger Dichter. Darnach habe ich in Lindau gelesen, in der sog. Art-Stiftung Plaas, das war ein Albtraum und Spießerhaus eines wohlhabenden Kunstinteressierten, und ich wusste nun, warum ich da niemals hingewollt hab, zwanzigmal eingeladen. Sankt Gerold hat mich gerettet, da fuhr ich nach der Lesung flugs wieder hin. Die Lesungen der jungen Naturtalente gingen am nächsten Tag weiter. Ich fand ein Kapellchen mit der schwarzen Einsiedel-Madonna und einen hölzernen Bischof mit seinem Kopf unter dem Arm. Vor der Tür ein bronzener lebensgroßer sehr üppi-

ger Eremit, der einem Bär angelehnt ist. Die Patres waren zu den Lesungen auch stets erschienen, und am Sonntag schrien die Glocken und Pater Natanel eilte mit großen schwarzen Schritten aus dem Refektorium als riefe ihn wer. So geht er seit Jahren der Glocke nach wie ein Kind seiner Mutter und ist anscheinend sehr glücklich. Zu der gewaltigen Glockenstimme gesellten sich zärtlich die Kuhglocken von den umgebenden Almen, ein süßer Klang ohnegleichen. Das Dorf aber über St. Gerold ist gefährdet vom Steinschlag, denen Lawinen, wenn die Bäume bald gänzlich verschwinden. Man beginnt schon Betonriegel zu setzen. Hab noch in Dornbirn am anderen Tag im ORF-Studio auf Band was gelesen, dann bin ich durch ganz Wessiland retour bis in mein eigenes grünes Ländchen gefahren.

10. Junius 1987, Mittwoch

Wir bauen schon wieder an unserem Schulhaus herum. Eine winzige Kammer unter dem schönen neuen Dach wird verwandelnd herausgeschlagen, ein Gästezimmer vielleicht, aber lieber webe ich darin oder züchte Orchideen. Kamen schöne Dielen hinein und lange Bücherregale. Zum Beispiel für ein neues violettes Lexikon »Handwörterbuch des deutschen Aberglaubens« geheißen das wir gerade erwarben.

26. Junius 1987, Freitag

Seit Wochen gibt es nur Regen, und 15 Grad ist ein Hitzerekord. Doch morgen ist Siebenschläfer, da wird sich alles erweisen. Der Compositeur ist in Heide der hässlichen Stadt im Krankenhaus, wohl noch über das Wochenende. Unser Farmerleben, das Zerkleinern der Bäume, das Zäuneziehen hat ihm einen Leistenbruch eingebracht, was uns sehr leidtut. Drei Monate soll er sich schonen und lieber nur komponieren, das ist gesünder.

28. Junius 1987, Sonntag

Als ich mit Robert heute früh vor das Haus trat, rief der Kuckuck so in der Nähe, dass ich seine Luftströme hörte. Robert ging unter dem Schneeballstrauch und hatte weiße Blütenblätter im schwarzen Pelz was ich sehr liebe. Alle Jahre wieder. Dunkelgrünes Wetter, kein Windhauch. Will nun etwas putzen, Barbara und Werner schauen auf der Durchfahrt herein. Il Compositore kommt morgen wohl aus dem kranken Haus.

13. Julius 1987, Montag

Ein feuchter Sommer ist es. Der Tonsetzer ist lange wieder da, die kleine Kammer blitzet und glänzet, ist ein Bijou. Ich habe sie dermaßen herrlich dekoriert, dass ich am liebsten niemand hineinlassen würde. Mit einem großen Meckseper-Bild, aus einem wohlgedruckten Kalender only, aber das stört mich nicht, auf dem sich ein Labyrinth, ein Pendel und Schlüssel befinden, und zwei riesige alte Scheunentorschlüssel hab ich daneben gehängt. Die Bücherregale sind eingeräumt, vornehmlich Gartenliteratur, aber auch solche über das Weben und allerlei Wörterbücher, zuvörderst der grüne Lindwurm der Grimmschen Brüder. Die Rosen sind sehr schön in diesem Jahr. Konrad Ferdinand Meyer begann den Reigen mit großen Zweigbögen fing er zu blühen an. Nun sind die übrigen auch in ihrem Flor, manche sehe ich zum ersten Mal, da die alten Rosen am alten Holze stets blühn. Die Bourbon-Queen ist solch ein Fall, riecht wunderbar. Auf Rosa Centifolia major bin ich gespannt, sie steht ungeschützter, blüht deshalb erst später. So könnte ich Seiten über Rosen füllen. Laufe dauernd sie anzuschauen. Gloire de Dijon und Souvenir de Malmaison blühen auch. Die Erde gefällt ihnen, fett und nicht trocken.

23. Julius 1987, Donnerstag

Es ist ein tropischer Sommer, die Sonne wühlt sich erst am Nachmittag durch den Dunst, alles dampft, und nachts regnet es wieder. Sprengen beschränkt sich auf Gewächse am Haus. Lässt man versehentlich einen Spaten stehen, so bewurzelt er sich, schlägt aus. Aber morgen muss ich nach Berlin um zu lesen, im Hamburger Bahnhof, was eine große Ausstellungshalle itzt is. Was soll ich da, noch dazu wo die Stadt überfüllt ist wegen der 750-Jahr-Feierlichkeiten. Ich komme schnell wieder zu Rosen und Schafen.

27. Julius 1987, Montag

In Berlin ging mir alles flott von der Hand, alles ausverkauft bei der Lesung und keine Diskussionen weil eh alles zu voll war. Jochen und Ursula besuchte ich in ihrer neuen Wohnung, Jochen mit gebrochenen Rippchen von der eigenen Treppe. Die Rückfahrt durch Regenland. Alle Tierarten von der Raupe bis zum schleichenden Fuchs hin vom Zugfenster gesehen im einsamen großräumigen Mecklenburg.

28. Julius 1987, Dienstag

Der entzückende Sommer war bald vorüber, nun ewige 15 Grad am Mittag und steter Regen. Der Grüne Weg ist schwarz und die Rosenknospen verfaulen. Bis zu den Gemüserabatten gelange ich nie, alles entwickelt sich rückwärts. In Griechenland wochenlang über 40 Grad und die Menscher verrecken da sie ohne Trinkwasser sind. Über 900 Tote soll es schon geben.

3. August 1987, Montag

Am Freitag kam abends Caro Marcello auf einen Sprung hier vorüber, und konnte es nicht fassen, dass man in Tielenhemme wohnt und nicht in Frankfurt. »Was machen Sie am Abend?« fragte er und wollte den Tageslauf wissen. Sah keine Schönheit. War ja auch schwierig im Momang.

Jetzt in der Frühe, nachdem ich Maurizio am Horizont im Fernglas gehabt hab mit blauer Jacke und weißem Helm auf dem Moped kömmt die Natur mir herbstlich vor. Stürme und Regen fraßen das Laub schon der Bäume. Und nur der Phlox blüht und duftet nach Sommer.

19. August 1987, Mittwoch

Das ist nicht gelogen, wenn ich sage es gibt nur Überschüttungen von Regen, Tag für Tag geht es so. Das ist kein verregneter Sommer, das ist ne Umweltkatastrophe. Die Kühe stehen krank im Stall und weil die Koppeln abgegrast sind oder verfaulen fangen die Bauern ihre Mieten schon an zu verfüttern, was sonst im November geschieht. Die paar Kühe, die draußen noch sind, sie stehen bis zu den Bäuchen im Schlamm. Nie kann ich den Garten in Ordnung bringen, man kann weder hacken noch mit den Pfoten das Unkraut welches gigantisch ist ziehen. Die Balsaminen haben Stengel wie Männerarme, zwei Etagen hoch, blühn sie noch nicht. Der wilde Wein am Haus färbt sich schon rot. Der Mais in der Geest ist ein Anblick zum Gotterbarmen. Selten wird man eines Stücks blauen Himmels gewahr. Die Bauern haben große Verluste und machen nur Minus. Sie sind aber ganz ruhig dabei, so ruhig wie die Kälber tagelang im Regen standen bis sie starben. Den Schafen auf dem Deich, wo es viel trockener ist geht es besser. Unsere haben außerdem noch ihre prächtigen Hütten.

28. Augustus 1987, Freitag

Göthens Geburtstag und »10 Jahre Goldener Westen« for Maurizius und mir. Glänzend jewesen! Champagner für alle! Aber alle! sind erkältet. Seit knapper Zeit scheint ab und zu wieder einmal die Sonne, der Garten rappelt sich auf, es blühen die alten Kletterrosen. Die Schafe sind fröhlich, morgens Venus der Planet am Himmelsgewölb. Ich sitze da mit aufgehäuften Gedichten, alles erst Halbzeug.

3. September 1987, Donnerstag

Während ich hier schreibe, sechs Uhr und fünf Minuten, das Kind ist gerade aus dem Haus, da tue ich es unter zwei Störchen, auf jedem Schornstein einer haben sie bei uns übernachtet. Abends als Maurizio die Schafe noch einmal gezählt hatte, sah er sie. Ich hab sie auch noch betrachtet im Nachtgewand, einer hatte den Kopf schon unter die Flügel geschoben. Sie sind wohl auf dem Weg in den Süden und mir dreht sich das Herz um bei diesen Thieren. Weil ihr Leben so gefährdet doch ist. In diesem komischen Sommer sind die meisten Jungstörche in ihren Nestern ertrunken im andauernden Regen. Die guten Störche! Nachher ziehen sie weiter. Irgendwo holt sie jemand aus Spaß mit einem Maschinengewehr runter vom Himmel.

12. September 1987, Samstag

Die Elstern sitzen wie die Papagoyer im Regen. Regen Regen Regen und nicht sehr warm. Il Compositore musste Briefe nach London loslassen an seinen Verlag, weil der ihn an eine Versicherung verkaufen wollte, das Risiko des Materials betreffend, falls er stürbe bevor alles vollendet ist.

14. September 1987, Montag

Sturm und Regenbogen-Wetter eilige fliegende Wolken und Blätter. Wir haben nun etwa 1 Hektar Land auf dem Deich eingezäunt, bis hin zu der Kurve bei denen Fußballtoren. Dort hinten hab ich eben in Wind und Wetter die Schafe besucht. Toula mit Mascha und deren Zwetlana in der hübschesten Hütte im lockeren Stroh, die anderen (Igor, Mini, Jojo) davor liegend und malmend. Der Esel, die Halbschnucken und Holtorffs Pferd befinden sich hier vor dem Haus einträchtig beisammen. Die Maler haben Gerüstteile gebracht, unser Giebelholz zu streichen. Aber es regnet und alles ist viel zu nass.

27. September 1987, Sonntag

Gestern haben wir meine Mutter abgeholt und sind alle zusammen nach Wrohm auf einen Antikmarkt gefahren. Es gab enorme Sessel aus enormen Schlössern, echte Sitzbadewannen. Nix Charmantes weit und breit. Ich hab mir ein altes Weberschiffchen gekauft mit Stahlspitzen und porzellangefütterten Löchern. Es hängt über dem Meckseperbild in der neuen Kammer. Lisa blieb bis zum Abend und wir spazierten ne Kleinigkeit, spielten mit Robert Fußball. Währenddessen zimmerte der Compositeur aus allerlei Brettern einen wunderbaren Futtertrog für die Schafe. In der Nacht hat es wieder die üblichen Überschüttungen gegeben, in der Frühe einen türkisfarbenen Himmel unter schwarzen aufreißenden Wolken. Mittags kam des Tonsetzers Tante, die Frau von Rauchhaupt, die bei der Deutschen Grammophon ist, Musikwissenschaftlerin ihres Zeichens. Sie brachte uns einen herrlichen hellblauen Hibiskus mit. Regengüsse, Wolkenbrüche, Sonne und Sturm und Regenbögen. Dieser verrückte Westwind! Bibelschwarze Wolken.

2. Oktober 1987, Freitag

Schwarzer Tau

Der Zufall führte mich in diese Ebene
Wo ich auf Binsen wie auf Seide schlafe.
Im Moorland lebt man ohne Kalender
Der Winter geht doch weiß man sein Jahr nicht.

7. Oktober 1987, Mittwoch

Seit einigen Tagen haben wir eine kleine blaue Babykatze, falls sie bleibt, behalten wir sie. Zur Zeit lebt sie unterirdisch in des Tonsetzers Zimmer und wird musikalisch gebildet. Sie heißet Anna Blume hab ich gedacht.

Später ging ich im Orkan mit einem Sack Stroh zu den entfernteren Schafen, und kam bei Frau Martens am Garten vorbei. Sie war darinnen mit ihrem dreifarbenen Hund und ich sah die alte Dame von rückwärts. Sie trug einen verblichnen Parka wohl von einer ihrer Enkelinnen für den Garten vererbt mit dem lebensgroßen Porträt von Che Guevara. Mannomann hab ich lachen gemusst! Über der Wiege von Maurizio damals in Ossiland hing ein Plakat von Che, hatte ich aus dem Westen. Ich glaube, es gibt noch solch ein Foto aus der Weinert-Straße auf dem Prenzlauer Berg.

11. Oktober 1987, Sonntag

Die kleine Katze sie ist immer noch da und sieht wie eine echte Karthäuserin aus, solche Einsprengsel kommen hier wie gesagt an der Küste öfter mal vor, es müssen Matrosen diese Katzen eingeschleppt haben. Nach einer Woche lässt sie sich sehen und schon mal ohne zu fauchen streicheln. Hat aber gerne noch Abstand. Sie liebt Brekkies und verdünnte Milch. Hat große bernsteingelbe Augen und eine schwarze Nase, schwarze Lippen, schwarze Ballen. Der Tonsetzer hatte sie im Holzstall zuerst entdeckt und sie eingefangen mit Gartenhandschuhn. Abends wieder Politkrimi, nun ist Barschel tot. Erst hieß es erschossen, aber das stimmt wohl nicht, jedenfalls weinten die befragten Passanten im TV. Doch wie kam B. in die Badewanne, das ist die Frage.

29. Oktober 1987, Donnerstag

Ich retournierte von einer sehr langen Missionsreise, war alles ein Tohuwabohu und ich habe genug. Fuhr im Mondschein los, damit ich bis zur Lesung nach Reutlingen käme. Da traf ich auch Margarete die Hansmännin, die gerade die Reste von Grieshabers Bibliothek gesichtet hatte, fürchterliche Intrigen angeblich bei dem zu Hause und Verlust überall. Am anderen Morgen fuhr sie mich über die Achalm an Grieshabers winzigem Häuschen vorüber und wir trafen einen alten Schäfer, der schlucken musste wenn er von Grieshaber sprach. Margarete aber fehlt seit jeher der Maßstab zu allem und zu sich selbst. Mehr will ich dazu nicht sagen. »Pfauenschrei« jedenfalls ist ein grässliches Buch, abgesehen davon dass der Titel bei Christine Lavant besser aufgehoben schon war. Aber auch ich stehle Wörter, ich weiß. Wir kamen nach Marbach ins Literaturarchiv, wo Margarete auch was zu verhandeln hatte, über die Malbriefe von Grieshaber, über die Briefe von Fühmann, davon könnte sie leben, sagte man ihr. Ich stapfte durch die Archive und die Ausstellungen, später musste ich lesen und es wurden wieder viele zusätzliche Klappstühle geschleppt, und mein Verlagsleiter, der Anstaltsleiter wie ich ihn nenne, konnte mal sehen wie beliebt ich doch bin, weil er sich immer rausredet er verstünde nichts

von Gedichten mit so einem Unterton als ob das allen vernünftigen Menschen so ginge. Am nächsten Morgen weilte ich lange im Schillerhäuschen, später noch Handschriften gesehen, Hesse ach Gott! wie ein Oberlehrer, aber Franzel Kafka, das war ein Wagnis zu sehen, alles drehte sich bei Betrachterin, und die t-Querstriche sind ganz des Teuffels. In Stuttgart bin ich beim Verlag gewesen und habe gründlich über einen Umschlagentwurf für Allerlei-Rauh gemeckert, bis er erledigt war. Die wollten ein schlecht gemaltes Schaf darauf setzen! Ich will nun ein Penck drauf, basta. Abends eine Lesung in Fellbach, was ein sehr reicher Vorort von Stuttgart wohl ist, daher ein großkotziges Kitschhotel, die Lesung ging OK, Jesse Jensen mein Lettore beschützte mir. Am nächsten Tag mit dem Zuge nach Biberach, nun hatte ich ja einen Walkman, in Marbach gekauft, und ließ mir die ganze Fahrt Dvořaks »Neue Welt« durch den Kopf knallen und sah aus dem Fenster flatternde Nebel, Herbstwälderchen und kleene Schluchten, das war das Glück. In Biberach war ich ganz gern und gedachte Herrn Wielands, dessen einer Band mir immer noch fehlt von der schönen Gesamtausgabe, und besuchte sein Türmchen und sein Museum. Die Lesung abends ging OK, vorher bekam ich beim Bürgermeister ein Abendbrot, und ich kriegte ihn so weit

dass er sagte er wäre erst kürzlich in die CDU eingetreten weil es nicht anders ging. Und ob ich das »Ehrenwort« von Barschel nicht auch geglaubt hätte, hatte ich nicht. Am anderen Tage nach Tübingen hin, großartige Häuserkens Gänge und Treppchen, später mit der Frau Lewitschka getroffen, Hüterin des Hölderlin-Turms. Außen war er schön, innen ganz steril, Holterling war nicht zu Hause. Doch die Lesung war ausverkauft und hinterher wurde noch mit dem unkonventionellen Professore Paul Hoffman geschwatzt und dessen Studenten. Der Professor ist in Neuseeland aufgewachsen und so konnten wir über Schafe reden. Am anderen Morgen eine Matinee, die wieder ausverkauft war, nun durften sich aber alle am Boden lagern. Diese Lesung war sehr schön, die Turmuhr und die Enten vom Neckar waren mit von der Partie und ich ließ ihnen ordentlich Raum. Unterwegs, ich weiß nicht mehr wo, hab ich im Radio gehört, dass Josif Brodski den Nobeller kriegt, das freut mich sehr. Ich hab ihn gründlich gelesen. Kommentar aus Moskau wie von Radio Jerewan: B. ist weder ein Russe noch ein Dichter. Und das ist Glasnost, sagte ich mir. Am nächsten Morgen bin ich mit dem »Deichgraf« erleichtert in den Norden gerauscht. Praktisch den ganzen Tag. Tat mir der Arsch weh. Hier bin ich sehr sehr gern immerdar.

31. Oktober 1987, Samstag

Mittags kam Lisa, welche den 77. Geburtstag ja hatte, wir feierten mit bestem Essen und Trinken und besuchten alle Tiere und Bäume, meine Frau Mutter bekam wie immer die letzten Rosen des Jahres. Diesmal war es ein sehr stattlicher Arm voll, weil ihr Start so zögerlich war.

7. November 1987, Samstag

Sattlers kamen zu Besuch, sie waren gerade Ehrengäste in der Villa Massimo, was ihm sehr schmeichelte, und darnach ist er in Bremen in eine große Villa umgezogen und hat die Neue Bremer Presse gegründet, sich gänzlich verschuldet. Will nun die Bibel stückchenweis drucken, ohne Zahlen und Zeichen, vom frömmelnden Eindruck befreit. In der schönen Hartungstraße wär das ja auch gegangen, aber sie müssen repräsentieren. Es war eine Schwadroniererei sondergleichen, er verrät seine Fliegenden Briefe! Einen ganzen Tag nachdem sie uns verlassen hatten ging es uns schlecht.

25. November 1987, Mittwoch

Winterstürme allenthalben. Maurizio musste zur Musterung, weil und obgleich sein Antrag auf die Verweigerung längst läuft. Dennoch war es nicht angenehm, er kam ganz angewidert retour und fluchte so grässlich wie sonst meistens nur ich. Zur Zeit rollt der 10. Schriftverstellerkongress der Deutschen Demokratischen DDDR und hier verwechseln sie alles aus Mangel an Durchblick. Sie glauben Hermlin sei mutig, weil er Harich tadelt, dabei hat der nie eine Rolle gespielt. Wenn es Hager gewesen wäre, alles Quatsch und Sherry Brandy, dieser Hermelin als Ehrenmann seit Jahrzehnten das ist ne ulkige Leistung sondergleichen. Und was hat er denn geschrieben? Schweinefutter ohne Geist und Feuer. Sie sind tote Enten auf ihrem Kongress.

Vorher hatte mich der Föhn durch München getrieben, und es war sandig wie in der Wüste, weil sie sich dort gerade eine U-Bahn unterschieben, Volk ohne Baum. Da hab ich im Haus der Kunst gelesen, vom Onkel Adi einst hingestellt. Hätte man doch lieber sprengen sollen. Man kann da nicht ordentlich lesen. Nach der Lesung in einer Wohnung mit echten Holbeinbildern hielten die Töchter eines Verlegers Maultaschen feil und sie standen sämtlich in den neuen Ballonröcken rum ohne Höhe zu gewinnen

und aufgebundener Haare wie Sellerieköppe, alles war befremdlich für ne alte Frau aussem Moor. Und unstillbares Heimweh überfiel sie.

27. November 1987, Freitag

Die Schriftversteller in der DDDR auf ihrem Kongress dürfen sie quaken so viel sie noch wollen, indessen haut man die jungen normalen Bürger stark auffen Kopp in verschiedenen Städten. Berlin Dresden Weimar Wismar und Halle wie ich gehört hab. Es stehen Mahnwachen vor der Zionskirche, welche ich erinnere, nachdem dort eine sog. Umweltbibliothek Unmut erregte. Alles Westbücher, andere gibt es zu dem Thema ja nicht. Abends waren 500 Gemeindemitglieder in der Kirche, bis die aus baupolizeilichen Gründen geräumt ward, mit Stiefeltritten der Polizisten. Ich sah im TV wie die Feuerwehr eine Protestlosung auf einem Laken vom Kirchturm herunterholte.

30. November 1987, Montag

Wieder Handwerker erwartend! Dieses Mal den Maler für die Küche. Die wir noch nie völlig in Ordnung gebracht haben seit wir hier eingezogen sind. Aber itzo solls werden. Geplant ist ein blauer Plafond mit silbrigen Sternen im Verhältnis der Deckenmaße, weil die Lampe die italjänische Montgolfiere doch ist, das Kunstwerk aus Blech. Abends muss ich noch einmal lesen, in Eutin, die letzte Lesung in diesem Jahr. Mein schöner Schoffeur fuhr mir durch blasenschlagenden Regen. Voß und Tischbein geisterten rum, aber die Buchhändler hätten lieber Frau Wolf dagehabt. Sagten sie glatt.

3. Dezember 1987, Donnerstag

In der Küche ist alles geschehn, ein wunderbares Sternenzelt über uns und schneeweiße Wände. Loulou allerdings fürchtete dass umgezogen würde als alles so ausgeräumt war.

5. Dezember 1987, Samstag

Kurz vor 21 Uhr ist hier gestern Czecho mitm Taxi gelandet. Es ist alles beim alten im Ländchen und bei den Leuten. Heute sind wir über Land gefahren, das war gescheuter als fortwährend über Miseren reden. Quer durch Eiderstedt, ins Watt, zum Leuchtturm, durch Friedrichstadt und Husum. Im Stormhaus hatten sie wieder das Weihnachtszimmer aufgebaut mit den Glasvögeln im Tannenbaum wie bei Viola Tricolor. Dennoch Gespräche die andauernd in die DDR abdrifteten, wie konnte es anders sein. Junge Junge war ich froh dort nimmer angebunden zu sein! Die kleinen und großen Furchtbarkeiten dort lenken natürlich von den globalen auch ab. Vorhin hat Il Compositore Czecho zum Bahnhof gebracht und ich bin es zufrieden. Dann hab ich noch zwei Reihen Teppich geknüpft, was ne Art Meditation ist.

Sarah Kirsch
Krähengeschwätz